風言風語

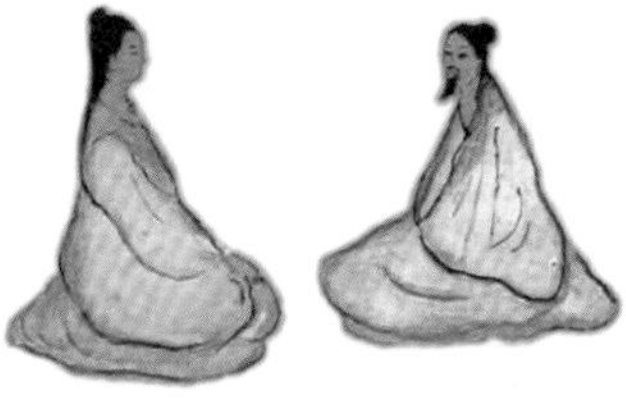

依空

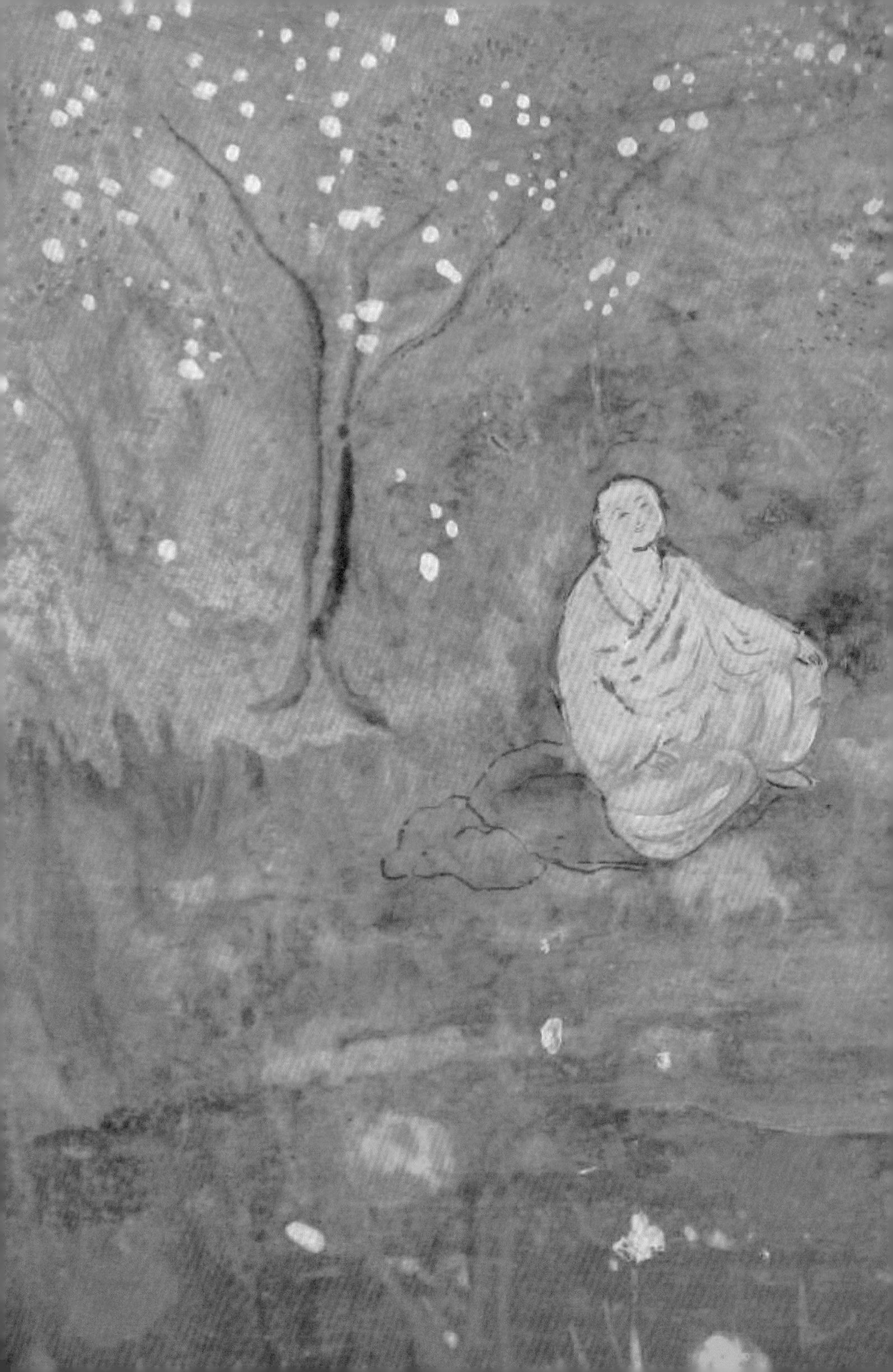

自序

本栖緣

依空

一九九九年九月二十一日，臺灣發生了百年難見的大震災，由於媒體的選擇性報導，星雲大師決定創辦一份跨宗教、重人文、導人心的清淨媒體——《人間福報》，並責成我籌備。二〇〇〇年四月一日，《人間福報》終於在十方大眾期待之中創刊，為當代中國佛教的文化事業寫下新頁。

二〇〇二年十月，《人間福報》在本栖寺舉行「世界華文作家聯誼會」。本栖寺位於日本富士山畔，山明水媚的本栖湖濱，山嵐如黛，綠水似璧，一年之中，不管春櫻楓紅，或者薄霜白雪，都有可觀的景緻。在此管山管水，最宜培養創作的靈感。一夜，作家們沐著溶溶月色，漫步於本栖湖邊，當時擔任《聯合報》副刊主任的陳義芝先生邀我，在該報副刊上開個專欄，在柔和清麗的月光照拂下，容易激起浪漫的詩興，信口答應，竟也信手寫了一年的「風言風語」，藉著古代詩人的感時之作，對當今的社會現象聊發溫柔敦厚的詩教寄興。

二〇〇四年五月十一日至十二日，美國維德文學協會與《人間福報》在本棲寺辦「佛學與文學的交匯」研討會，我因為在「風言風語」的專欄中，寫過幾篇佛教文學的遊戲小文，引起美國南加州大學教授、詩人張錯的興趣，邀約我到本棲寺發表論文，不揣固陋寫了〈稼軒詞中的佛學情境〉。維德文學協會的創辦人是黃美之女士，他與姐姐曾任孫立人將軍的秘書，因為孫將軍當年的事件，姐妹花二人受到牽連，遭拘禁數年，後將國家的賠款，取父「維」母「德」的名字，成立了德維文學協會，發揮《詩經》怨而不悱的包容精神，在湖光水色的本棲寺舉辦如此的會議，別具意義。

二〇一〇年，《人間福報》即將邁向十年，編輯部向我邀書，身為老同仁的自己，乃將塵封已久的「風言風語」以及發表於《人間福報》的「如是集」彙編成書，作為《人間福報》的十歲獻禮，祝福人間日日是好日，天天有福報，是為序。

—再序—

什麼是《風言風語》

依空

中國古典文學第一本詩學總集《詩經》，有風雅頌賦比興等六種體例，統稱為「六義」。其中風雅頌是依據不同的樂調，加以分成的三類體裁。「風」是周天子派遣官員從各地方采集而來的地方民歌，稱之為「采風」，相當於現代的民意調查——民調。包括采自周公、召公采邑的周南、召南；另外有邶、鄘、衛、王、鄭、齊、魏、唐、秦、陳、檜、曹、豳十三國的民間歌謠，稱為「十五國風」，共計一百六十篇，是《詩經》最精采的篇章，幅員以周代管轄所及的黃河流域為中心。風者諷也，是十五個國家的平民百姓對於周天子的統治利弊，以詩歌的形式，提出美刺鍼砭，不像今日媒體談話節目的尖酸辛辣，所以說學詩者不失「溫柔敦厚」的襟懷。

相對於「風」是平民文學、鄉土文學的屬性，雅是士大夫文學，分為大小雅。小雅用於宴饗群臣，大雅用於朝會，是周代最通行的正樂。頌則是祭祀祖德的舞詩，包含周頌、魯頌、商頌，為一種廟堂文學。大小雅著重歌辭的典雅，三頌更注重音節及舞容，反而十五國風最貼近庶民。風雅頌是《詩經》的內容體裁，賦比興則是詩歌的藝術表現手法。賦是平鋪直敘其事，描述一件事情的原委經過；比是比喻，用一個事物來比喻另一個事物，增進了解；興則是從一個事物引發聯想另一個事物，對於詩歌藝術的渲染氣氛、意境創造發揮很大的功能，達到「文已盡而意有餘」的含蓄委婉之美。

幾年前曾在報紙副刊以「風言風語」為專欄，取意「詩的語言」，效詩三百篇，采擷民俗風情，藉古諷今，抒發心中臆想，福報文化以「采風風采」書名加之編輯發行。今蒙香海文化熱情邀約，將舊日不成熟的戲作，編成《風言風語》一書，重新再版，藉此就教於十方大德，以為他日「向上一著」的因緣。是為序！

風

目次

言

風

語

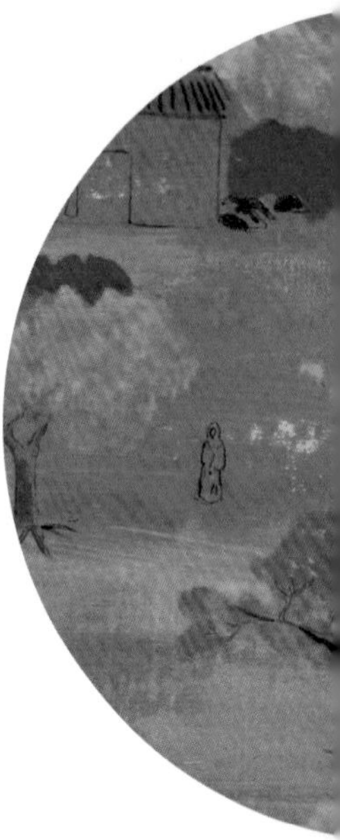

惟有相思似春色

一唱三嘆，
春色送歸，
離情兼議世路艱難……
一樣送別，
幾番情致，
詩人的離別，
始終傳唱不衰。

王維膾炙人口的送別詩〈送元二使安西〉：「渭城朝雨浥輕塵，客舍青青柳色新。勸君更盡一杯酒，西出陽關無故人。」描寫朝雨乍停、輕塵不揚的渭城，只見路旁的楊柳經過細雨的洗灑，顯出青翠的本色，詩人與好友在一派清新明朗的景色中，進行一場深情依依的離別。詩人殷勤地勸酒，有意無意延宕分手的時分，濃郁的酒香，瀰漫著彼此的深摯情誼與珍重祝福。〈渭城曲〉一唱三嘆，「陽關三疊」遂成為唐代以來送別曲的千古絕調。例如劉禹錫〈與歌者何戡〉：「舊人惟有何戡在，更與殷勤唱渭城。」白居易〈晚春欲攜酒尋沈四著作先以六韻寄之〉：「最憶陽關唱，真珠一串歌。」李商隱〈贈歌妓〉：「紅綻櫻桃含白雪，斷腸聲裏唱陽關。」有唐一代，此曲始終傳唱不衰。

王維另有一首送別詩〈送沈子福歸江東〉：

楊柳渡頭行客稀，罟師盪槳向臨圻。
惟有相思似春色，江南江北送君歸。

眼前極目所見，一片盎然春色，春色不限於江南江北，心中的相思之情，恰似春色之無邊無際，也不限於江南江北。身軀雖然無法相隨相送，但是隆情厚意一如春色之無所不在，隨君所往而始終相伴。樂府古辭〈飲馬長城窟行〉：「青青河畔草，綿綿思古道。」一片澄新的綠意，充滿生機的春色，象徵送別情意的凝靜、清純、永恆，與生生不息。但是草逢春而翠綠，人則遇春而不知返，不禁讓詩人發出「春草年年綠，王孫歸不歸」（王維〈山中送別〉）的喟嘆，期盼之情細膩流轉於言辭之間。

辛稼軒有一首送學生范開求仕的詞〈鷓鴣天〉：「唱徹陽關淚未乾，功名餘事且加餐。浮天水送無窮樹，帶雨雲埋一半山。今古恨，幾千般；只應離合是悲歡！江頭未是風波惡，別有人間行路難。」別情濃重，把離別的「陽關曲」唱遍了，都無法抑止心中的鬱悶之情。功名是應求、可求、當求的稻糧，但不是人生唯一該求之物，最重要的是珍惜自己，自愛自重，不可因為追求仕宦而失去根本的自我。送別的情意、殷切的祝福，如同汪洋江水、兩岸綠樹，一路伴隨君行，心中的不捨彷彿雨含半山，淒惻難遣。國破家亡、朝政不綱，天下傷心事者多，個人離合最微不足道。「行路難，不在水，不在山，只在人情反覆間。」（白居易〈太行路〉）人生不如自然景象，縱有風濤，尚可預防避開，而「人海闊，無日不風波」（姚燧〈喜春來・失題〉），不可不戒慎恐懼。辛詞同樣寫離別之情，兼議世路艱難，開拓送別曲的題材內涵。辛稼軒另外一首送祐之弟歸浮梁的〈臨江仙〉：「問誰千里伴君行：曉山眉樣翠，秋水鏡般明。」取意蒼翠的青山、明亮的江水，好像居人送行人的情思，美景一路相送不離，和王維的春色送歸有異曲同工之妙。

水的意象

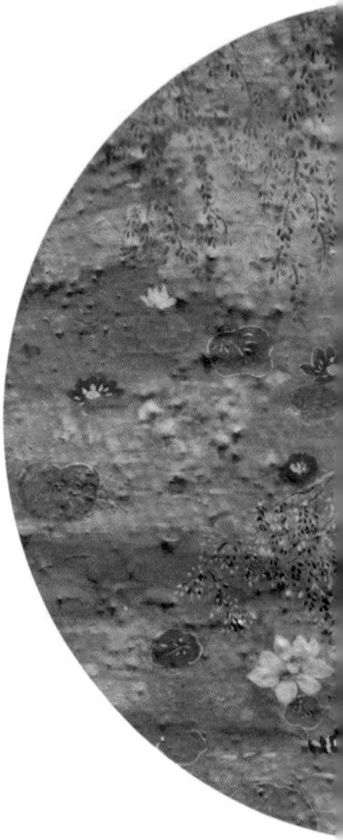

水滋潤萬物而不居功，
順地形而曲折，
似義之必循於理，
傾瀉幽壑而勇猛不疑，
盈於容器自然求平，
萬曲千折必向東流，
志堅不移。

《論語．子罕》記載，孔子觀於河川而發出：「逝者如斯夫，不舍晝夜」的慨嘆，將流逝的時間比喻成東去的流水，引人萌發生命無常、今昔興衰的感嗟。郭璞〈游仙詩〉：「臨川哀年邁，撫心獨悲吒。」滾滾流水彷彿消逝的青春歲月，把捉不住，充滿無奈，是人類千古以來共同的傷感。

相對於孔子，孟子與荀子對於水的詮釋，充滿入世進取、審美觀照。《孟子．離婁下》：「源泉混混，不舍晝夜，盈科而後進，放乎四海。有本者如是，是之取爾。」取喻君子立身處事要如流水有本有源，才能淵遠流長。《荀子·宥坐》則將流水人格化、具象化，將人世間的倫理德目比擬成流水形象，塑造了儒家的理想人格：「夫水，遍與諸生而無為也，似德；其流也埤下，裾拘必循其理，似義；其洸洸乎不淈盡，似道；若有決行之，其應佚若聲響，其赴百仞之谷不懼，似勇；主量必平，似法；盈不求概，似正；淖約微達，似察；以出以入，以就鮮絜，似善化；其萬折也必東，似志。是故君子見大水必觀焉。」水滋潤萬物而不居功，順地形而曲折，似義之必循於理，傾瀉幽壑而勇猛不疑，盈於容器自然求平，萬曲千折必向東流，志堅不移。水具備了仁德、循義、常道、勇敢、法則、公正、明察、善化、守志等美德，把自然流水現象延伸到社會價值層面，尋求人倫與自然山水內在精神的契合，是典型儒家的比德山水觀。

道家對水的褒揚更不乏例子，《老子》：「天下莫柔弱於水，而攻堅強者莫之能勝，以其無以易之。」「上善若水，水善利萬物而不爭。」水處卑下而不爭，天下莫能與之爭，以柔克剛，最弱為最強者，這些理念都成為道家學說的核心思想，學界甚至認為道家是「水的哲學」。《莊子·山木》：「君子之交淡若水。」相對於小人之交的甘如醴，淡水之交才能雋永、長久。

另外，古人喜歡臨水送別，從燕太子送荊軻「風蕭蕭兮易水寒，壯士一去兮不復還」的悲壯慨歌，到唐宋詩人的「請君試問東流水，別意與之誰短長。」（李白〈金陵酒肆留別〉）「無情汴水自東流，只載一船離恨，向西州。」（蘇軾〈虞美人〉）滔滔流動的江水，恰似連綿起伏的別情相思，無窮無極，流水遂成為文學意象中的離別主題。

水，可能是《詩經》中那「巧笑倩兮，美目盼兮」的秋水伊人；水，也可能是《牡丹亭》內杜麗娘傷懷的似水流年；水，更可能是楊慎〈臨江仙〉裏「滾滾長江東逝水」，淘盡英雄人物的歷史悲嘆。「智者樂水」，水就如同智者，展現它多方面的意象，豐富了中國文化的審美意境。

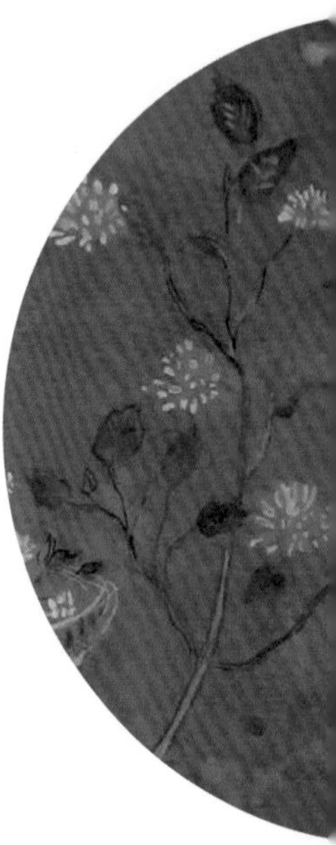

大悲

所謂大悲，意指悲大眾飢溺苦難的悲愍胸襟，而不是個人得失、寵辱的悲歡之情。

天寶十四載（七五五年），「漁陽鼙鼓動地來」，爆發了安史之亂，結束開元盛世，中國從此陷入更漫長、更黑暗的動盪時代，影響了許多人的境遇。大詩人杜甫出生於開元前一年（七一二年），卒於代宗大曆五年（七七〇年），目睹唐代國勢由盛轉衰的歷史過程，詩人晚年的羈旅生涯和長安夕陽緊緊繫在一起。

安史亂起，杜甫由長安返奉先探望家屬，一路看到「朱門酒肉臭，路有凍死骨」的悲慘狀況。備嘗艱辛抵達家門，卻聽到一片號咷哭聲，因為「幼子饑已卒」。稚子何辜，生逢亂世，詩人深深自責：「所愧為人父，無食致夭折。」雖然自己想克制悲哀，但是鄰里也為之嗚咽。孰使致之，實是世亂之過。

戰亂中，杜甫攜帶妻小逃避賊兵，從長安而秦州（今甘肅天水）至成都，徒步跋涉一千餘里，〈彭衙行〉淋漓描繪舉步維艱的情形：「一旬半雷雨，泥濘相牽攀。既無禦雨備，徑滑衣又寒。」小女兒飢腸轆轆，咬嚙父親的手充饑：「癡女饑咬我，啼畏虎狼聞。懷中掩其口，反側聲愈嗔。」對於戰爭的殘酷、民生的凋敝，筆力酣厚，做了最真切的指陳。

一家人棲居成都，建草堂於浣花溪畔，面對憂患的局勢，鬱悶的窘境，亦能自得其樂：「老妻畫紙為棋局，稚子敲針作釣鉤。」（〈江村〉）只是屋漏偏逢連夜雨，八月秋風怒號，捲走屋上三重茅，偏偏「南村群童欺我老無力，忍能對面為盜賊，公然抱茅入竹去」。純真無邪的孩童怎會為賊？「不為困窮寧有此」，整個國家經濟困頓，使得百姓家業隨之蕩盡。少了茅蓬的草堂是「床頭屋漏無乾處，雨腳如麻未斷絕。」蟄居在草屋的詩人則「自經喪亂少睡眠，長夜霑濕何由徹。」遭逢如此偃蹇的困境，詩人腦中翻騰的是「安得廣廈千萬間，大庇天下寒士俱歡顏，風雨不動安如山。嗚呼！何時眼前突兀見此屋，吾廬獨破受凍死亦足！」（〈茅屋為秋風所破歌〉）跳出吾廬獨破的個人悲情，激發民胞物與的博大胸襟，展現關懷整個時代、人民苦難的寬大境界。這種光輝人格正是杜甫所以成為集大成之大詩人的原因。後來白居易的「爭得大裘長萬丈，與君都蓋洛陽城」就是祖述自杜甫的詩意，但是氣勢不及杜詩的雄渾有力。宋．王安石〈杜甫畫像〉讚歎：「寧令吾廬獨破受凍死，不忍四海冷颼颼。傷屯悼屈止一身，嗟時之人我所羞。所以見公畫，再拜涕泗流。惟公之心古亦少，願起公死從之游。」流露出從而效之的仰慕之情。

《梁谿漫志》卷四記載：東坡從儋耳獲赦北歸，卜居常州陽羡，託邵民瞻為他買一宅屋，了卻他多年相田買屋、免家人流離失所的心願。新屋共五百緡，東坡傾囊僅能償之。當夜步月至一村落，聽一老婦哭聲悽惻，好似失卻難以割捨之愛。一問，原來不肖子孫典賣祖傳百年老屋，正是東坡竭盡所有財產所購房子。東坡當下取出房契燒毀，還屋老嫗，並且不討回屋款，只好暫借住友人家，一個月後，竟歿於借居。

佛教有一位大悲觀世音菩薩，他「千處祈求千處應，苦海常作度人舟」。所謂大悲，意指悲大眾飢溺苦難的悲愍胸襟，而不是個人得失、寵辱的悲歡之情。《華嚴經》云：「不為自己求安樂，但願眾生得離苦。」范仲淹名言：「先天下之憂而憂，後天下之樂而樂。」這就是大悲心，如杜甫、蘇軾者，就是現實生活中的大悲菩薩。

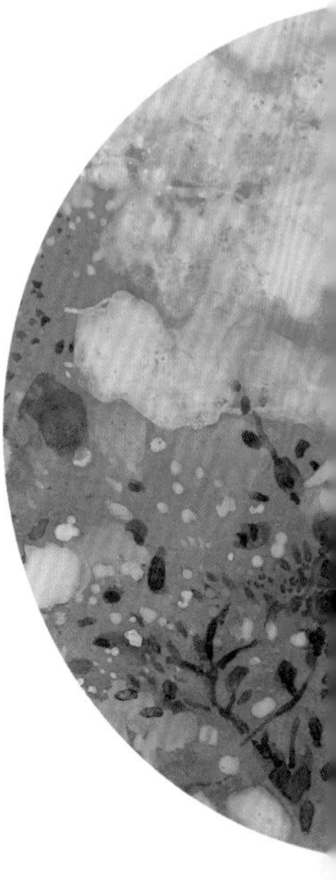

生死懸絕，
永相睽離，
不思量自是難忘，
何況日日思量。
只能無言相見於夢中，
欲言還休……

十年生死兩茫茫

中國傳統文化注重慎終追遠，儒家主張厚葬久葬，對於亡故親人的哀悼詩文自古有之，蔚為大觀。《儀禮》、《禮記》、《孝經》記載有關奔喪、喪服的喪葬禮節。《文心雕龍》、《昭明文選》則將誄碑、哀弔、輓歌、祭文等列為文體之一。歷代有不少詩人寫下膾炙人口的悼亡詩篇。

莊子妻亡，鼓盆而歌，以為生死本自一如，方生方死，方死方生，展現齊生死的睿智與灑脫風神。西晉詩人潘岳，以善寫哀悼詩文稱名於世，他有三首〈悼亡詩〉。潘岳妻亡週年，詩人將重返原官任所，從「荏苒冬春謝，寒暑忽流易」的時序推移變化中，引發起對妻子的種種思念與回憶：「如彼翰林鳥，雙棲一朝隻。如彼遊川魚，比目中路析。」但是，一旦面對功名富貴的召喚，潘岳對於相守二十多年，一朝溘然長逝的妻子，喊出的竟然是「淹留亦何益」、「僶俛恭朝命，回心反初役」，昔日恩愛不及權位的誘惑。史上說他趨炎附勢，望塵而拜，文品如人品，連至情至性的悼亡詩也寫得風格低俗。

唐代詩人元稹也有三首〈遣悲懷〉悼念妻子：

謝公最小偏憐女，自嫁黔婁百事乖。
顧我無衣搜藎篋，泥他沽酒拔金釵。
野蔬充膳甘長藿，落葉添薪仰古槐。
今日俸錢過十萬，與君營奠復營齋。（其一）

韋蕙叢二十歲嫁元稹，七年後便病逝。詩人將妻子喻為東晉名相謝安最憐愛的姪女謝道韞，自況為戰國貧士黔婁。詩中描寫妻子屈身下嫁自己備嘗艱辛困厄，以野菜充饑，拾槐枝以為薪，還要典當頭上金釵，為丈夫沽酒解饞。

今日自己雖然俸祿優渥，二人卻無法同享，只能以豐厚祭奠來超薦亡妻。「唯將終夜長開眼，報答平生未展眉。」（其二）詩人決定終夜開眼不睡，來報答「貧賤夫妻百事哀」刻骨銘心的恩愛情誼。此詩情癡語真，纏綿悱惻，清代蘅塘退士評論為「古今悼亡詩充棟，終無能出此三首範圍者。」堪稱古今悼亡詩的絕唱。

蘇軾的〈江城子〉是夢憶原配王弗的經典名篇：

十年生死兩茫茫。不思量，自難忘。千里孤墳，無處話淒涼。縱使相逢應不識，塵滿面，鬢如霜。

夜來幽夢忽還鄉。小軒窗，正梳妝。相顧無言，唯有淚千行。料得年年腸斷處，明月夜，短松岡。

王弗十六歲嫁給了子瞻，結縭十一年不幸去世。歲月流逝，蘇軾對亡妻的思念卻與日俱增。恩愛夫妻生死懸絕，十年長別，王弗孤墳遠在四川眉山，冷落蒼涼；子瞻則因為反對王安石變法，政治受壓抑，到密州就任後，又逢凶

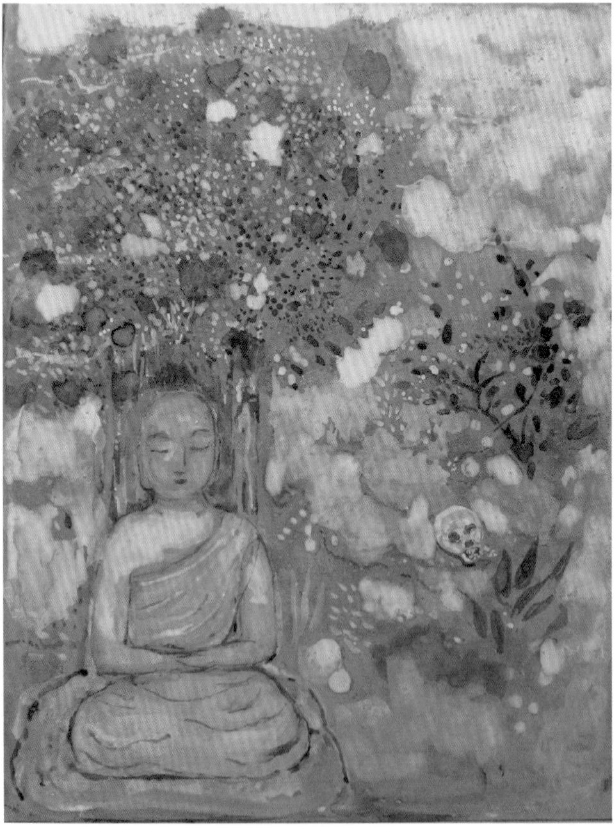

年，飽受世道煎熬，憔悴枯槁。時空的阻隔，幽冥的界限，鶼鰈情深的伴侶，永相睽離，不思量自是難忘，何況日日思量。只能無言相見於夢中，欲言還休，「此時無聲勝有聲」的沉痛之感益發深刻。夢短情長，夢醒之後，是更為淒清幽獨的情思。蘇軾的悼亡詞一改潘、元二人敍述回憶的筆法，直抒胸臆，以抒情為主。在悼念妻子的哀思中融入了「世路無窮，勞生有限，似此區區長鮮歡」（〈沁園春〉）的鬱勃心境，表達了對生死主題的探討，為中國文學史上第一首悼亡詞，突破「詞為豔科」的傳統窠臼，對於宋詞題材與意境的開拓，有深遠的貢獻。

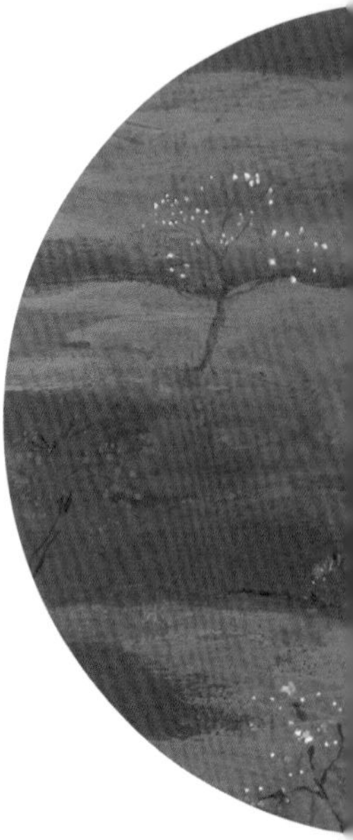

所謂「天下才子半流人」，面對朝廷嚴峻的罷黜，我們看到的是詩人胸無纖塵，光風霽月的生命情調。

天容海色本澄清

自古以來，帝王對於忤逆自己的大臣，最慘烈的懲罰就是貶謫，不斷地放逐，讓謫宦變成孤臣，身心無法安頓，更無法有所建樹，生命日益枯萎。自殷商以來，歷朝製造不少的流人，例如：屈原、李白、柳宗元、劉禹錫、韓愈、寇準、蘇軾、黃庭堅等人，皆為歷史上第一流的大文學家、大思想家、大政治家，他們或被流放於瘴癘的嶺南，或遷逐於僻荒的西北，真所謂「天下才子半流人」。

面對朝廷嚴峻的罷黜，文人表現出來的風貌也各有不同。唐大詩人柳宗元參與「永貞革新」，遭閹宦迫害，史上稱為「二王八司馬事件」。劉禹錫雖上有八十老母，仍被貶至播州（今貴州遵義），柳宗元自願以柳州相換，患難卻見金石真情，二人有詩相酬唱：

二十年來萬事同，今朝歧路忽西東。
皇恩若許歸田去，晚歲當為鄰舍翁。（〈重別夢得〉）

相惜相契，情逾手足。

柳宗元貶永州、柳州十四年，當地環境惡劣，毒蛇猛獸出沒，文化落後，詩人不僅備嘗健康的損害，物質的匱乏，更飽受精神的孤獨。他積極關心民瘼，廢奴婢買賣惡習，振文教，鄙陋之風為之一變。浩初禪師至柳州探望他，同遊山水，有詩篇：

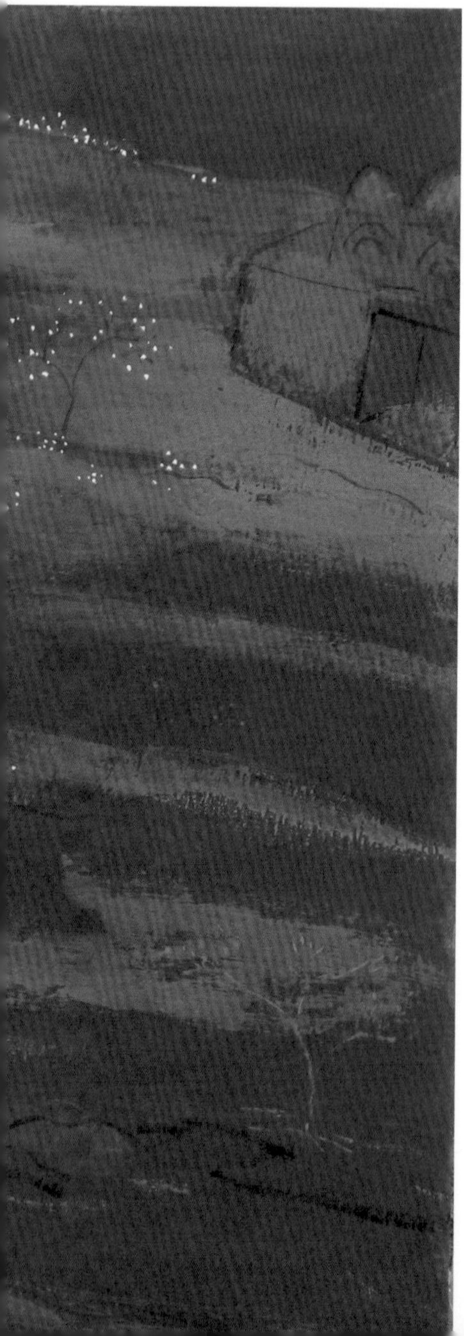

海畔尖山似劍鋩，秋來處處割愁腸。
若為化得身千億，散上峰頭望故鄉。

想像自己像諸佛菩薩一樣，千百億化身應現各個山峰，登高臨遠，引頸翹盼歸鄉之路。

風　天容海色本澄清

韓愈因為諫迎佛骨，觸怒了憲宗，被貶至潮州，姪孫韓湘自長安南下來送行，昌黎有〈左遷至藍關示姪孫湘〉詩：

一封朝奏九重天，夕貶潮州路八千。
欲為聖明除弊事，肯將衰朽惜殘年。
雲横秦嶺家何在？雪擁藍關馬不前。
知汝遠來應有意，好收吾骨瘴江邊。

與姪孫作人生訣別，一派蕭索、憂懼的景象，沒有昔日雄健、俊爽的氣概。大詩人面對生死大事，仍然很難灑脱超越。

相對於韓愈的掩淚淒楚，東坡遭人生横逆，別有一種曠達通脱。他自述一生：「問汝平生功業，黃州惠州儋州。」別人官愈做愈大，居宮闕之上，而自己卻愈貶愈荒僻，離權勢核心愈遠。但是東坡每貶一處，很快便融入當地的族群、民情之中，展現和光同塵的超人魅力。他初到黃州：「長江繞郭知魚美，好竹連山覺筍香。」以黃州的脩竹，興託自己不屈的氣節。惠州盛產荔枝，東坡有詩詠歎：「日啖荔支三百顆，不辭長作嶺南人。」大有終老於窮鄉僻壤的打算。東坡擺落困厄的功夫，堪稱絕妙。但是看到漢唐兩代，百姓因為進獻荔枝而慘遭死亡時，詩人發出「我願天公憐赤子，莫生尤物為瘡痏」的人道關懷。晚年被貶至海陬儋州，東坡乾脆說：「我本儋耳民，寄生西蜀州。」入境隨俗，和黎民嚼起檳榔。面對政敵無情的打擊，東坡沒有怨艾，自許為殷商的箕子：「天其以我為箕子，要使此意留要荒。他年誰作輿地志，海南萬里真吾鄉。」以開啟民智，傳播文化為己任，胸襟磊落，不見哀傷個人死生的淒愴之氣。元符三年（一一〇〇年）獲釋北歸，夜渡瓊州海峽，一輪素月浮出海面，東坡慷慨以歌：「雲散月明誰點綴，天容海色本澄清。」政敵的一切誣陷彷彿烏雲蔽月，終已消散。「何其自性本自清淨」，自己清白如皎月，人間的毀譽稱譏，都是多餘的描繪。「九死南荒吾不恨，茲游奇絕冠平生。」我們看到的是詩人胸無纖塵，光風霽月的生命情調。

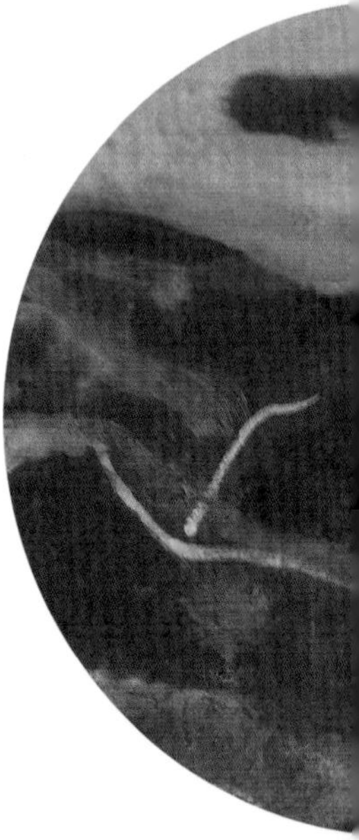

佛經云：

「防心離過，貪等為宗。」

蝜蝂小蟲用事滋貪令人可厭，

其愚昧受禍則令人可悲！

蝜蝂

寓言一詞首見於《莊子．寓言篇》：「寓言十九，藉外論之。親父不為其子媒。親父譽之，不若非其父者也。」父親讚歎自己的親生子女，人或妄起嫌疑，如果假託外人論說，則十言九見信。因此，所謂寓言，就是借助臆造的簡短故事來勸喻人生的深奧道理。

寓言作品早在春秋戰國時代便已出現，《列子》的杞人憂天、《孟子》的揠苗助長、《莊子》的庖丁解牛、《韓非子》的守株待兔、《呂氏春秋》的刻舟求劍、《戰國策》的狐假虎威，都是膾炙人口的千古名篇。但是寓言成為獨立的文體，則完成於唐代大文學家柳宗元的開創。

唐代自安史亂後，藩鎮割據日益嚴重，加以宦官掌握軍政大權，德宗貪婪好斂、剛愎猜刻，社會賄賂公行、民生凋敝困苦。面對如此板蕩艱險的弊政，居太子儲位二十年的順宗一即位，亟思改革，遂委任王叔文，延攬天下才俊之士，如王伾、韋執誼、陸質、劉禹錫、柳宗元等，進行裁冗員、免苛稅、救固疲的「永貞革新」。由於革新的一系列主張，直接觸犯宦官和豪族官僚的既得利益，受到權閹的強烈反撲，即位半年便中風「喑不能言」的順宗被迫禪位於太子李純，是為憲宗。永貞革新如曇花一現，王叔文等人遭殺戮或貶黜各州為司馬，史上稱為「順宗內禪」與「八司馬」事件。三十三歲的柳宗元則被貶至永州，不得量移，開始「待罪南荒」的十年幽囚生活，永州秀麗的丘壑山水都成了拘禁詩人的樊籠，柳宗元有〈囚山賦〉傳世。母親盧太夫人至永州半年便因為水土不服而病逝，他自責是「非天降之酷，將不幸而有惡子以及是也」的大罰。詩人心靈的悔恨悲慟，於焉可知。

柳宗元謫居貶地，體會到「今身雖敗棄，庶幾其文猶或傳於世。」祖述詩騷隱喻精神，效太史公之筆法，寫下不少傳誦千古的寓言作品，反諷元和朝政的暴虐無道。其中，〈蝜蝂傳〉一文短小精悍，故事情節豐富，以幽默口吻諷刺時政，寄寓人生機微：「蝜蝂者，善負小蟲也。行遇物，輒持取，卬其首負之。背愈重，雖困劇不止也。其背甚澀，物積因不散，卒躓仆不能起。人或憐之，為去其負。苟能行，又持取如故。又好上高，極其力不已，至墜地死。」描寫蝜蝂小蟲，善於負載重物，又喜爬高，人憫其負重不堪，去其重擔，蝜蝂卻不知審勢戒貪，終至墜地，自取滅亡。柳子厚此文嘲諷上自憲宗下至四方藩鎮，天下滔滔橫征暴斂，貪婪嗜取，競效蝜蝂小蟲之所為，不以生民為意，置國家於危墜之境，故柳子厚要作獅子吼：「雖其形魁然大者也，其名人也，而智則小蟲也。」佛經云：「防心離過，貪等為宗。」蝜蝂小蟲用事滋貪令人可厭，其愚昧受禍則令人可悲！白居易有感事詩云：「禍福茫茫不可期，大都早退似先知。」以古鑑今，多藏必厚亡，財多必害己，在其位者，能不戒慎恐懼！

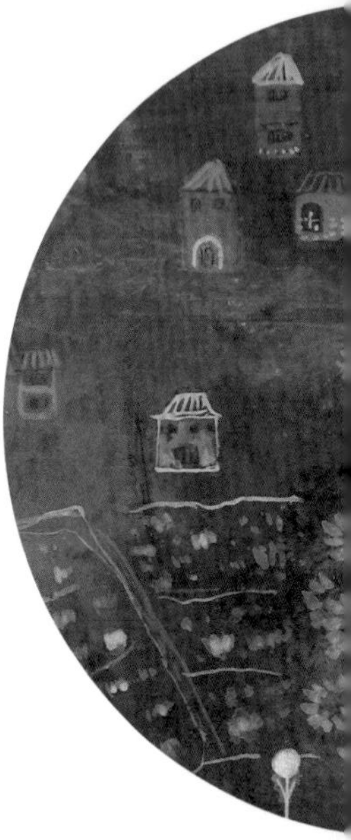

燈火闌珊

《維摩經》云：
有一法門為無盡燈，
譬如一燈燃百千燈，
照破千年暗室；
勝彼世間燈火，
雖然燦如春花，
剎那生滅。

中國民俗稱陰曆正月十五為上元節，又稱元宵，七月十五日為中元節，十月十五日為下元節，合稱三元節。

元宵賞燈是流傳民間的賞心樂事，古典詩詞中不乏描寫元夕喧鬧景象的佳作，唐．蘇味道〈正月十五夜〉詩：「火樹銀花合，星橋鐵鎖開。暗塵隨馬去，明月逐人來。游伎皆穠李，行歌盡落梅。金吾不禁夜，玉漏莫相催。」《大唐新語》載：唐朝重視上元節慶，長安城內嚴飾燈花，護城河橋燈月交輝，彷彿銀河鵲橋。豔若桃李的歌伎，邊賞燈邊吟唱〈梅花落〉，連平日捍衛京師的金吾軍也解弛禁衛，特許夜行觀燈。降至晚唐，國勢日頹，但是元夕賞燈的民風依然繁盛，李商隱〈正月十五夜聞京有燈恨不得觀〉詩：「月色燈光滿帝都，香車寶輦隘通衢。身閑不睹中興盛，羞逐鄉人賽紫姑。」四通八達的街道因為賞燈的人群，擠滿了各種華麗車輛，車輦過處，揚起陣陣濃郁的香塵，彌漫歡樂氣氛，而詩人卻因為丁母憂，無法觀燈，徒增惆悵愁緒。

對於世俗的鬥鬧取樂，僧人的元宵就顯得蕭然冷清。蘇軾曾至西湖祥符寺九曲觀燈，拜訪僧可久，只見禪室了無燈火，但聞薝蔔餘香，詩人留詩歎仰：「門前歌舞鬥分明，一室清風冷欲冰。不把琉璃閑照佛，始知無盡本無燈。」《維摩經》云：有一法門為無盡燈，譬如一燈燃百千燈，照破千年暗室，勝彼世間燈火，雖然燦如春花，剎那生滅。

宋代舊俗元月十四日夜試燈，十五日正燈，十六日罷燈。南宋高宗建炎三年（一一二九年），宋室南渡偏安已三年，眼看恢復中原無望，多少有志之士恐將老死南陲，李清照作〈臨江仙〉，抒發流離遷徙，歲月蹉跎的悲嘆：「庭院深深深幾許，雲窗霧閣常扃。柳梢梅萼漸分明。春歸秣陵樹，人老建康城。感月吟風多少事，如今老去無成。誰憐憔悴更凋零。試燈無意思，踏雪沒

TANG

心情。」昔日易安和丈夫趙明誠在建康時，每值天大雪，便頂笠披簑，循城遠覽，互相賡和詩句。如今雖逢萬民同樂的燈節，國事蜩螗，胡騎熾焰，聊無心緒試燈踏雪。

晚年的李清照流寓南宋都城臨安，雖然欣逢融和天氣的元宵佳節，今日「落日鎔金，暮雲合璧」的元夕美景，彷彿汴京當時，青春少女的詩人則「鋪翠冠兒，撚金雪柳，簇帶爭濟楚。」打扮入時，無憂無慮游賞燈景。如今雖然也有酒朋詩侶，香車寶馬來相召，但是國難家愁，自己已是容顏憔悴的暮年嫠婦。「不如向，簾兒底下，聽人笑語。」（〈永遇樂〉）只能隱身在隔簾笑語聲中，暗自感傷。易安這首詞以樂景寫悲情，以今昔對比，寫盛衰之感及身世之慟。劉辰翁說：「余自乙亥上元誦李易安〈永遇樂〉，為之涕下。今三年矣，每聞此詞，輒不自堪。」道出風雨飄搖的南宋哀音。

辛棄疾的〈青玉案〉是元夕詞的名篇：

東風夜放花千樹。更吹落、星如雨。寶馬雕車香滿路。鳳簫聲動，玉壺光轉，一夜魚龍舞。

蛾兒雪柳黃金縷，笑語盈盈暗香去。眾裏尋他千百度，驀然回首，那人卻在，燈火闌珊處。

描繪璀璨瑰奇的燈火、載歌載舞的百戲，以及雲鬢盛妝的游女，尤其「燈火闌珊」句，王國維《人間詞話》引為人生成就大事業之最終境界。陳亦峰評他「措詞工絕」，氣勢「雄勁飛舞，絕大手段」。作為南宋詞人之雄，稼軒出入婉約、豪放之間，自是有大本領。

寶劍雖剛銳，
容易斷裂；
藤蔓柔韌，
不易摧折。
以柔克剛，
不爭而天下莫能與之爭。

狗竇從君過

辛稼軒作為南宋詞學的大家，堂廡宏大，無體不工，各種題材皆可入詞，雅正、通俗詞風兼具，莊穆而不板滯，詼諧而不輕浮。

辛稼軒有一首〈卜算子〉，描寫牙齒脫落的老態：

剛者不堅牢，柔底難摧挫。不信張開口角看，舌在牙先墮。
已闕兩邊廂，又豁中間箇。說與兒曹莫笑翁，狗竇從君過。

《說苑．敬慎篇》記載：常樅有疾，老子前往慰問。常樅張開口問道：「我的舌頭還在嗎？」「舌頭安然無恙。」「牙齒呢？」「齒牙蕩然無存。」「你了解其中深意嗎？」老子正容說：「夫舌之存也，豈非以其柔耶？齒之亡也，豈非以其剛耶？」寶劍雖剛銳，卻容易斷裂；藤蔓柔韌，不易摧折，因此道家主張以柔克剛，不爭而天下莫能與之爭。《世說新語．排調篇》：張吳興年僅八歲，牙盡虧落，有先達戲笑他：「你口中為何開個狗竇（狗洞）？」張吳興機伶應答：「正使君輩從此中自由出入！」韓愈自況：「吾年未四十，而視茫茫，而髮蒼蒼，而齒牙動搖。」充滿憂衰傷老的悲嘆，而稼軒面對歲月的流逝，卻以詼語出之，顯現其胸懷之通脫、曠達。

稼軒另有一闋戒酒的〈沁園春〉：「杯汝來前，老子今朝，點檢形骸。甚長年抱渴，咽如焦釜；於今喜睡，氣似奔雷。汝說『劉伶，古今達者，醉後何妨死便埋。』渾如此，歎汝於知己，真少恩哉！更憑歌舞為媒。算合作、人間鴆毒猜。況怨無小大，生於所愛；物無美惡，過則為災。與汝成言『勿留亟退，吾力猶能肆汝杯。』杯再拜，道『麾之即去，招亦須來。』」稼軒這一首詞寫於鉛山期思渡新居落成，即將遷入之時，因為病疾，正須點檢，戒掉昔日的狂飲。《晉書．劉伶傳》：劉伶好酒，肆意放蕩，以宇宙為狹。常乘鹿車，攜一壺酒，行走十方，命僕童荷鍤追隨於後，交代：「若我醉死，便掘地以埋。」曹操〈短歌行〉：「何以解憂，惟有杜康。」藉酒本欲消愁，名士劉伶卻因嗜酒而喪命，稼軒藉此典故，責怪醇酒的苦苦相誘，對待嗜酒如命的知己，「真少恩哉！」人酒對話，詞語詼嘲，實開元曲空靈融活之濫觴。尤其「怨無小大，生於所愛；物無美惡，過則為災」四句，更見警惕。酒不醉人人自醉，譬如刀刃本無善惡，持之伐木則為利器，使之殺戮反成凶器，過猶不及，中道智慧之可貴，於焉可知！至於詩人為何「長年抱渴，咽如焦釜」，藉酒以澆胸中塊壘？又如杯語「麾之即去，招亦須來」，弦外之音，語有所指，實是等待朝廷重新啟用自己。句句抒發身世家國之嘆，孤臣孽子之悲！

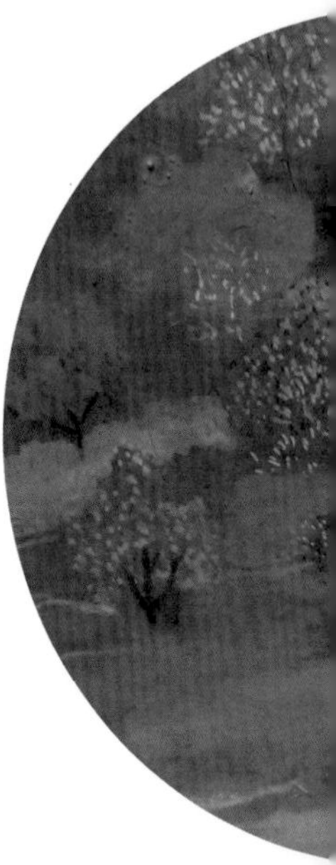

英雄失路

珍貴的黃鐘視如弊帚，
毀棄不用，
粗劣的瓦罐當作圭璧，
敲打如雷響；
小人得勢，
而賢士卻失路見逐。

辛棄疾有一首送別門人范開的詞〈鷓鴣天〉：「今古恨，幾千般。只應離合是悲歡！江頭未是風波惡，別有人間行路難。」人生有千種悲傷事，親友生離死別只是其一。有志難伸，奸佞當道，國勢頹亡，林林總總的憾恨，彷彿陶淵明〈停雲〉詩：「靄靄停雲，濛濛時雨，八表同昏，平路伊阻。」停滯在空中的那塊烏雲，鬱結在心底，令人窒息。江頭上的洶湧波濤不算險惡，世事難料，「人海闊，無日不風波」（姚燧〈喜春來〉），人間更是處處陷阱，舉步維艱。

藝術家本應在舞臺上揮灑才氣，英雄則應橫槊馬上，馳騁疆場。揚雄〈解嘲〉：「當塗者升青雲，失路者委溝渠。」歷史上有多少的失路英雄，懷抱理想，不為世用，只能「醉裏挑燈看劍」，抑鬱以終。孔子周遊列國，無法施展抱負，只能將美玉韞藏於木匱，待價而沽。屈原「信而見疑，忠而被謗」，為上官大夫所讒，楚懷王疏離他，頃襄王把他放逐到湖南，徘徊於沅湘之間，作〈九歌〉、〈九章〉諸篇以明志：「欲橫奔而失路兮，堅志而不忍。」（〈九章．惜誦〉）「世溷濁而不清，蟬翼為重，千鈞為輕；黃鐘毀棄，瓦釜雷鳴；讒人高張，賢士無名。吁嗟默默兮，誰知吾之廉貞。」世俗價值錯亂，把珍貴的黃鐘視如弊帚，毀棄不用，卻將粗劣的瓦罐當作圭璧，敲打如雷響；小人得勢，而賢士卻失路見逐。司馬遷為了替李陵辯白，認為李陵的才幹「雖古之名將不能過也」，投降匈奴，實是「身雖陷敗，彼觀其意，且欲得其當而報漢」，暫時詐降，思圖後效。太史公的直言觸怒了漢武帝，受到宮刑的摧殘，為了達到「究天人之際，通古今之變，成一家之言」的理念，雖然當時「交遊莫救，左右親近，不為一言」，茫茫天地間，失路誰知己！他隱忍苟活，以驚人的毅力勇氣，撰寫了《史記》一書，開中國正史、百代文章之典範。

唐肅宗廢黜宰相房琯，杜甫「見時危急」，國家正需要用才，以諫官身分上疏營救房琯，措詞激烈，肅宗震怒，被送至御史臺推問，幸宰相張鎬等人力保，才免戮刑。但是肅宗從此便疏遠了杜甫，不甚錄用。詩人不禁喟嘆：「名豈文章著，官應老病休。」老病方應休官歸隱，而自己正值壯年，空有「致君堯舜上，再使風俗淳」的大志，卻因直言諫諍挽救房琯而名滿天下，被迫落職。一代大詩人一生貧病飄泊，竟至賣草藥維生，最後逝於舟中。「飄飄何所似，天地一沙鷗。」是杜甫對自己身影的最貼切描繪。

柳宗元因參與「永貞革新」，被貶至永州十年，「與囚徒為朋，行則若帶纆索，處則若關桎梏」，再貶荒癘的柳州四年，他與劉禹錫分路贈別詩說：「十年憔悴到秦京，誰料翻為嶺外行。」別從弟柳宗一詩：「一身去國六千里，萬死投荒十二年。」詩人一生未曾北歸，以四十六歲英年死於嶺南。柳宗元不僅失路，柳州更成了他的生死絕路。

古時的英雄為何失路？大多是因為逢亂世不得展其才，遭昏君不能伸其志；而現代的英雄如果遇到愚癡的百姓，不給你舞臺，英雄也只能「卻將萬字平戎策，換得東家種樹書」，徒喚奈何！

沉默的輿論

一個輿論關閉、
噤聲冷默的社會，
離開敗壞不遠矣！
以史為鑑，
能不戒慎！
我們的秦吉了在哪裏？

中唐社會大詩人白居易有一首新樂府詩〈秦吉了〉：「秦吉了，出南中，彩毛青黑花頸紅；耳聰心慧舌端巧，鳥語人言無不通。昨日長爪鳶，今朝大嘴烏，鳶捎乳燕一窠覆，烏啄母雞雙眼枯。雞號墮地燕驚去，然後拾卵攫其雛。豈無鵰與鶚，嗉中肉飽不肯搏；亦有鸞鶴群，閑立颺高如不聞。秦吉了，人云爾是能言鳥，豈不見雞燕之冤苦！吾聞鳳凰百鳥主，爾竟不為鳳凰之前致一言，安用噪噪閑言語。」唐代經過安史之亂後，國勢如江河日下，經濟制度遭嚴重破壞，民生凋敝，加以烽火頻起，橫徵暴斂，老百姓為了逃避募兵，不惜自殘，以保全性命：「夜深不敢使人知，偷將大石搥折臂」，寧可折臂六十年，經常要忍受風雨陰寒夜，直到天明仍不眠的切膚之痛，但是「一肢雖廢一身全」，不必成為瀘水岸畔的孤魂（〈新豐折臂翁〉）。

上自皇帝、大宦官、宰相、節度使、州刺史，下至縣令、鄉吏、里胥，為了滿足個人的奢靡欲望，巧立各種名目，對窮苦百姓進行敲骨剝髓的掠奪括榨，「奪我席上酒，掣我盤中飧」（〈宿紫閣山北村〉），民間遭逢旱災，已至「衢州人食人」的慘烈境地，而驕鑾的官吏卻極盡享受：「果擘洞庭橘，鱠切天池鱗」（〈輕肥〉）。一批權貴近臣為了取悅朝廷，博得皇帝的寵信，甚至向老百姓徵收苛稅，〈重賦〉：「浚我以求寵，斂索無冬春」、「奪我身上暖，買爾眼前恩」。根據史書記載，唐德宗在位二十餘年間，大小官僚媚上剝下，營私舞弊，交相成風。詩人目睹朝廷的腐敗、顢頇，憐憫百姓的悲苦、不幸，遂以飛騰的文筆，寫下「救濟人病，裨補時闕」的諷諭詩，揭露社會的深層矛盾現象。

秦吉了是出產於中國兩廣地區，能言人語甚於鸚鵡、八哥的鳥禽，象徵錚錚風骨、剛正不阿的諫官。長爪鳶是鷂子，大嘴烏是烏鴉中最貪食的種類，以

慈愛經頌

上兩種鳥，比喻貪婪狠暴的文官武吏、豪族士紳，欺凌善良無告的雞燕百姓。鵰鶚是兩種體型比鷹隼猛壯的巨鳥，比喻為執行法令的憲司官員，但是他們只求自安，罔顧民瘼疾苦，任憑正義公理遭受強權踐踏。鳳凰是對糊塗皇帝的佞稱，而鸞鶴群則指鳳凰近屬，一群省閣翰苑清要禁近侍的大臣，失去就近指正君王過失的職責。面對如此惡劣的時代，詩人無奈聲嘶力竭替黎民吶喊：「人云爾是能言鳥」的秦吉了，都噤若寒蟬，不敢為民喉舌，辜負天生稟賦，只是盡日噪噪學人言語，讓百姓陷入投訴無門的絕境。一個輿論關閉、噤聲冷默的社會，離開敗壞不遠矣！以史為鑑，能不戒慎！我們的秦吉了在哪裏？

三生石上

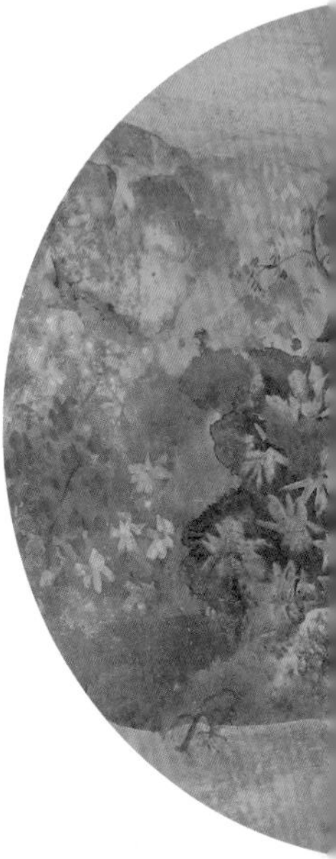

過去、現在、未來的生死一生，
彷彿少壯一彈指那麼剎那短暫、
無常變幻，
令人不勝噓唏！

北宋全才大文學家蘇軾（字子瞻）和佛教的淵源深遠，不僅父母、兄弟、妻妾都篤信佛教，東坡本人和寺院僧侶的方外之交，更是道情隆厚。蘇軾往來的禪僧有惟度、惟簡、辯才、慧辯、懷璉、契嵩、惠勤、道潛、佛印等人，另外和鄉僧文長老曾有三度的造訪，描繪了文長老歷經生老病死的一生行狀，也印證了佛門「僧情不比俗情濃」雋永且平淡的君子情誼。

熙寧五年（一〇七二年），蘇軾在杭州任通判，認識了秀州報本禪院的方丈文長老。秀州在今日的浙江嘉興，佛教發展興盛，大藏經有《嘉興藏》版本，就發皇於此地。報本禪院興建於唐代，至宋代改稱為本覺寺，文長老和詩人同鄉，同為「我家江水初發源」的蜀客，倍有人不親土親的鄉誼。子瞻邂逅鄉僧，寫下鄉情濃郁的詩篇：

萬里家山一夢中，吳音漸已變兒童。
每逢蜀叟談終日，便覺峨眉翠掃空。
師已忘言真有道，我除搜句百無功。
明年採藥天台去，更欲題詩滿浙東。

遠離家鄉千萬里，遊宦浙東，孩子漸已習慣吳儂軟語，邯鄲學步般忘失了鄉音。異地巧遇有道鄉僧，暢談終日，一掃思鄉的愁緒。

熙寧六年（一〇七三年）冬，蘇軾再訪文長老，不巧老衲僧已臥病在床，子瞻有詩：

夜聞巴叟臥荒村，來打三更月下門。

往事過年如昨日，此身未死得重論。
老非懷土情相得，病不開堂道益尊。
惟有孤棲舊時鶴，舉頭見客似長言。

去年驚喜相遇，恍如昨日，如今方丈大和尚沉疴臥榻，陪伴身旁片刻不捨的惟有一隻鶴鳥，老僧孤鶴，構成一幅孤寂、冷清的場景。

熙寧七年（一〇七四年），大詩人三度過訪嘉興永樂院，驚聞文長老已經圓寂，子瞻寫下〈過永樂，文長老已卒〉一詩，抒發內心的悲愴、哀思：

初驚鶴瘦不可識，旋覺雲歸無處尋。
三過門間老病死，一彈指頃去來今。
存亡慣見渾無淚，鄉井難忘尚有心。
欲向錢塘訪圓澤，葛洪川畔待秋深。

蘇軾三年之間三次拜訪文長老，卻歷經了文長老生、老、病、死的一生，

而這過去、現在、未來的生死一生，彷佛少壯一彈指那麼剎那短暫、無常變幻，令人不勝噓唏！詩人期待自己和文長老，能如唐代圓澤禪師與李源一樣，締結三世的道情法緣，再度重見。

根據唐．袁郊《甘澤謠．圓觀》記載：僧圓觀（即圓澤）與文士李源交游，臨終時與李源相約，十二年後中秋夜見於杭州天竺寺外。李源如期赴約，無處尋訪之際，忽見葛洪川畔，有一牧童吹著豎笛，歌曰：

三生石上舊精魂，賞月吟風不要論。
慚愧情人遠相訪，此身雖異性長存。

圓澤化身牧童，來會昔日摯友。蘇軾詩中善於化用佛學術語，引喻佛教典故，不止僧俗之間身分貼切，並且藉此寄寓緇門情誼之淡泊真淳，更見其創作藝術之高妙。

無門關

「無」字既不是虛無的無，
也不是有無的無，
而是超越對待、
無分別心的「真實」。

《無門關》一書為無門慧開禪師所著。無門慧開生於南宋淳熙九年（一一八二年）杭州錢塘的良渚人，俗姓梁。跟隨天龍肱和尚出家，遍訪諸方古尊宿，向楊岐派第六世法孫月林師觀求法，苦參趙州禪師的「無」字話頭，六年間都未曾開悟，遂立下若稍睡眠，我身便爛卻的誓言，刻苦勤奮不懈。一日，過堂用齋時，聽到鐘鼓、板磬的敲擊聲，身心如桶底脫落，豁然省悟，說偈曰：

青天白日一聲雷，大地群生眼豁開；
萬象森羅齊稽首，須彌𨁝跳舞三臺。

翌日，將偈子呈示月林禪師，月林說：「何處見神又見鬼。」無門大喝一聲，月林也大喝一聲，從此師徒心心相印，相許為同遊法界的知音，《增集續傳燈錄》稱之：「自此機語脗合。」月林更舉「雲門話墮」的公案，為無門印證。

嘉定十一年（一二一八年）無門慧開禪師駐錫安吉山報國寺為住持，之後歷任隆興天寧寺、黃龍寺、翠巖寺、鎮江焦山普濟寺、平江開元寺、建康保寧寺住持，創建護國仁王寺。晚年，因為疲於接化參禪的學人，於是隱居於西湖畔。理宗召入宮中選德殿，請無門禪師宣說法要，並為久旱不雨的國家祈雨。不久大雨沛然而降，理宗遂賜給無門慧開金襴法衣，並敕封為「佛眼禪師」。

紹定元年（一二二八年），無門於東嘉龍翔寺結夏安居期間，應十方雲水衲僧的請求，取古德公案四十八則彙編成《無門關》，認為參禪首先要參透祖師關，而趙州的「無」字便是宗門第一關，稱之為「禪宗無門關」。「無」字既不是虛無的無，也不是有無的無，而是無色、無識、無形、無相、無善、無惡，超越對待、無分別心的「真實」。慧開的《無門關》是繼承圜悟克勤、大慧宗杲的「看話禪」宗風，他主張：「大道無門，千差有路；透得此關，乾坤獨步。」如果能夠參透宋代看話禪第一關的「無」，便能和歷代祖師把手同行，一鼻孔出氣，同一眼見花紅柳綠，同一耳聞鳥鳴蟬嘶，豈不暢快！

《無門關》由慧開禪師的法嗣心地覺心（日僧）傳至日本，德川家康朝盛行於日本；近代更由鈴木大拙、緒方宗博等人翻譯成英文，另外有德譯本，流通於西方國家。本書直至今日仍為禪門接引學僧參公案的好教材，〈趙州狗子〉、〈百丈野狐〉、〈倩女離魂〉、〈庭前柏樹〉、〈牛過窗櫺〉、〈女子出定〉等等，都是其中深含禪趣的名篇。

蓮的聯想

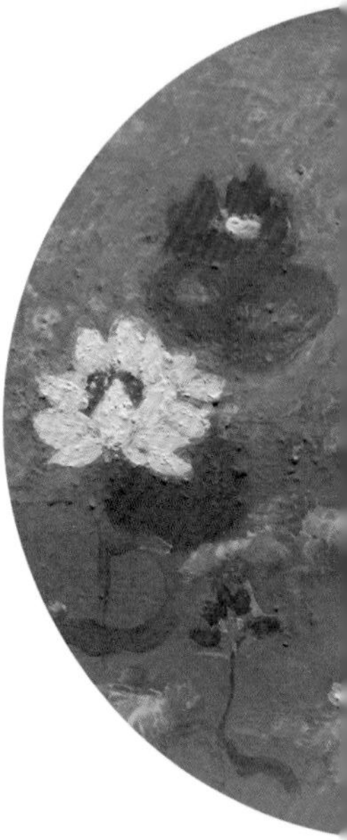

蓮華具有馨香、清淨、柔軟、可愛
四種特性，
象徵涅槃境界常、樂、我、淨四德，
深為佛弟子所喜愛，
因此佛教把清淨無染的生命方式
稱為蓮華化生。

漢樂府〈江南可採蓮〉詩：「江南可採蓮，蓮葉何田田。魚戲蓮葉間：魚戲蓮葉東，魚戲蓮葉西，魚戲蓮葉南，魚戲蓮葉北。」田田蓮華，香遠益清，為炎炎夏日帶來一股襲人清涼。

蓮、荷本屬同一科，《爾雅．釋草》：「荷，芙蕖；其莖茄，其葉葭，其本蔤，其花菡萏，其實蓮，其根藕，其中的，的中薏。」荷花又名蓮華、芙蓉、芙蕖、水芝、澤芝、菡萏等，莖稱為茄，葉稱為葭，根（地下莖）生長前期稱為蔤，後期稱為藕，種子稱為的（菂），種子的中心則為薏。蓮華是完全的經濟藥用植物，花可觀賞，可製成蓮華茶，葉可包裹飯菜，蒸熟成荷包飯，藕可食用，蓮心是清涼解毒妙方，蓮子是養生補品。一般植物成長在高原陸地，蓮則「根是泥中玉，心承露下珠」（李群玉〈蓮葉〉），長在卑濕汙泥之中，象徵煩惱可以轉為清淨菩提，生死憂患為安樂解脫的逆增上緣。一般植物通常先開花後結果，蓮則花朵燦爛綻開，蓬生蓮子，天台宗稱之為「因果同時」。蓮、荷雖可通稱，有時稱蓮，譬如蓮蓬頭，有時稱荷，譬如繡荷包。

蓮華在佛教是聖潔的植物意象，善於口才者稱為舌燦蓮華，《金光明最勝王經》：「舌相廣長極柔軟，譬如紅蓮出水中。」眼睛明澈稱為蓮眼，《大智度論》讚歎佛陀的弟子，多聞第一、妙相莊嚴的阿難說：「面如淨滿月，眼若青蓮華，佛法大海水，流入阿難心。」志同道合的朋友稱為蓮友，東晉慧遠大師邀集劉遺民、雷次宗等賢士，結蓮社於廬山東林寺，首創中國佛教史之淨土蓮宗。以蓮華來命名屢見於佛教經典，例如《悲華經》、《妙法蓮華經》。印度阿姜達石窟中有一持蓮菩薩，神情和熙，深具藝術之美。在雕塑、繪畫的佛像藝術造型中，諸佛菩薩更是以蓮華為床座，因為蓮華具有馨香、清淨、柔軟、可愛四種特性，象徵涅槃境界常、樂、我、淨四德，深為佛弟子所喜愛，

因此佛教把清淨無染的生命方式稱為蓮華化生。

相對於佛教對蓮華的重視，中國歷代文人則以酣暢的筆墨對蓮華加以描摩，從《詩經．鄭風》：「山有扶蘇，隰有荷華。」〈陳風〉：「彼澤之陂，有蒲與荷。」「彼澤之陂，有蒲與蕑。」「彼澤之陂，有蒲菡萏。」開其端，《楚辭》緒其風：「製芰荷以為衣兮，集芙蓉以為裳。」以荷葉裁製成上衣，以荷花瓣為下裳，取喻潔白無瑕。大梅法常禪師：「一池荷葉衣無盡，數樹松花食有餘。」流露出僧人恬淡少欲的風貌。南唐中主李璟〈浣溪沙〉：「菡萏香銷翠葉殘，西風愁起碧波間。」從蓮華的凋殘，寫人生的韶光憔悴，王國維稱之有「眾芳蕪穢，美人遲暮」之感。蘇軾〈永遇樂〉：「曲港跳魚，圓荷瀉露，寂寞無人見。」周邦彥〈蘇幕遮〉：「葉上初陽乾宿雨，水面清圓，一一風荷舉。」摹寫荷葉上露珠滾動，搖晃掉入池水中的生動景緻。歷來描繪蓮花的文章，以周敦頤的〈愛蓮說〉最能含括蓮的風神：「出淤泥而不染，濯清漣而不妖，中通外直，不蔓不枝，香遠益清，亭亭淨植。」寫出蓮華的君子形象，幾成千古的定調。

家書

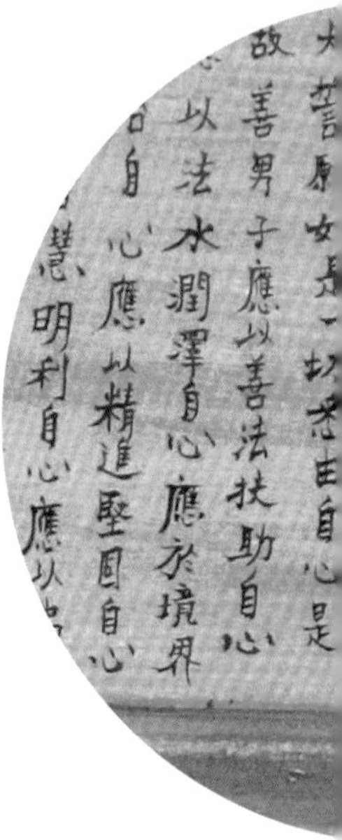

戰禍頻仍的年代，
親人平安的書信固然彌足珍貴，
平常的歲月裏，
魚雁往返，
則是維繫一家心靈的重要憑藉。

唐代大詩人杜甫〈春望〉詩：「烽火連三月，家書抵萬金。」戰禍頻仍的年代，親人平安的書信固然彌足珍貴，平常的歲月裏，魚雁往返，則是維繫一家心靈的重要憑藉。從古詩：「呼童烹鯉魚，中有尺素書。」到今日的電子傳訊，家書、家訓，作為中國文化的特殊文體之一，其發展淵遠流長，其影響既深且鉅。

西漢劉向〈誡子歆書〉，援引歷史事例，警誡兒子劉歆禍福相倚，吉凶相隨的道理，切忌恃寵驕奢，是現存史料中最早的誡子篇。東漢古文經學家鄭玄有〈戒子益恩書〉，勖勉兒子繼承父業，「案之禮典，便合傳家」，並且教示兒子要「菲飲食，薄衣服」，勤力務實。三國諸葛亮的〈誡子書〉，短短八十六字，字字珠璣，關涉為學做人的具體道理，例如：「靜以修身，儉以養德。」「非澹泊無以明志，非寧靜無以致遠。」千年後讀之，仍然散發璀璨的智慧之光。

北齊顏之推著有《顏氏家訓》，全書二十篇，其中〈風操〉、〈慕賢〉、〈勉學〉諸篇，樹立了家庭倫理觀，明確指陳修養規範，對於當今日漸澆薄的人心，仍有振聾發聵的功效。本書同時具有了解南北朝習俗、風尚、制度、語言等的文獻價值。北宋司馬光的〈訓儉示康〉，是許多學子童蒙時期必讀的美文，尤其「由儉入奢易，由奢入儉難」，已經成為顛撲不破的千古名言，對於價值取向嚴重偏頗的臺灣社會，不啻是一劑良藥。明朝朱用純的〈朱子治家格言〉，提出：「一粥一飯，當思來處不易；半絲半縷，恆念物力維艱。」闡述知足感恩、惜物惜福的觀念，經常為佛門所引用，甚至書寫於齋堂之中，作為警策。另外，諸如「居家戒爭訟，訟則終凶；處世戒多言，言多必失。」「凡事當留餘地，得意不宜再往。」「善欲人見，不是真善；惡恐人知，便是大

華嚴經云
解脫長者告善財言
我若欲見安樂世界阿彌陀佛
隨意即見乃至所見十方諸佛
皆由自心
善男子當知菩薩修諸佛法淨
諸佛剎積習妙行調伏眾生發
大誓願如是一切悉由自心是
故善男子應以善法扶助自心
應以法水潤澤自心應於境界
淨治自心應以精進堅固自心
應以智慧明利自心應以佛自
在開發自心應以佛平等廣大
自心應以佛十力照察自心
永明延壽大師
萬善同歸集

惡。」等名句，通篇俯拾即是，對於鬥狠、躁進、沽名、偽善之徒，彷彿當頭之棒喝，發人深省。

東漢馬援出戰交趾，聞姪子仗恃叔父威望，好結交遊俠，譏刺時政，於軍事倥傯之際，寫了〈誡兄子嚴敦書〉，告誡二人。馬援視姪子如己出，以父母送女出嫁親為施衿結褵的心情，諄諄善誘，流露鞠護關顧的慈愛，沒有嚴厲的指責，委婉申誡二位姪兒：「聞人過失，如聞父母之名。」不可論議人之長短，好做諷譏。並且舉出兩種當學與不當學的類型人物，要二人選擇善知識親近學習。例如龍伯高敦厚周慎，謙約節儉，廉公有威，不好臧否人物，效法不得，好比雕刻鵠鳥不成，至少還像一隻野鴨，不失為謹言慎行的人。反之，如杜季良豪俠好義，憂人之憂，樂人之樂，清濁無所失，黑白兩道都能左右逢源，如果沒有拔萃的才性，貿然學之，則畫虎不成反類犬，淪為天下輕薄子。這位立志「男兒要當死於邊野，以馬革裹尸還葬耳，何能臥床上在兒女子手中邪」的伏波將軍，除了有騁馳沙場的干雲豪氣之外，從這封家書，更能讀出他愛憨子弟的長者風貌，作為歷史上一位偉大的人物，馬援的成就是多層面的。

兄弟

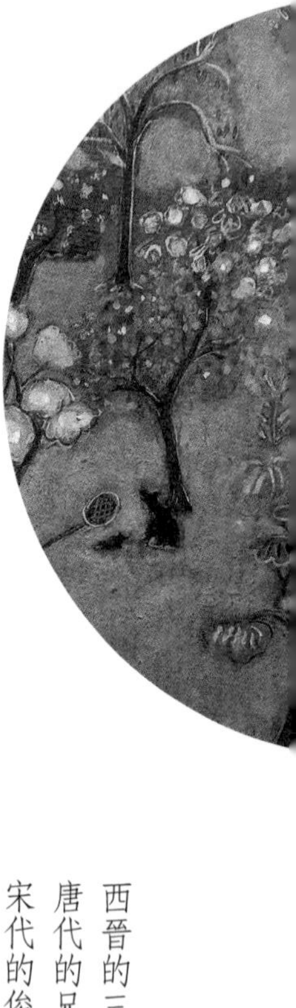

西晉的三張二陸、
唐代的兄弟詩人、
宋代的俊秀昆仲……
兄弟的深厚情誼，
千年之後仍散發感人的光輝！

中國文化史上有許多傑出的兄弟檔，舉其犖犖大者，譬如西晉文學家的三張二陸。張載、張協、張亢三兄弟，皆有文藻，尤其張協詩文風格素淡，何焯曾將他與陶淵明並稱。陸機、陸雲出身三國吳名門之後，一家族有二丞相、五侯、將軍十餘人。吳滅於晉，二陸入洛陽，文才傾動一時。後因八王政爭，遭誣陷冤殺，家族無一倖免。東晉葛洪讚歎二陸文章如玄圃積玉。尤其陸機，唐太宗稱他：「百代文宗，一人而已。」所作《文賦》為古代第一篇文學理論，提出「詩緣情而綺靡」的詩學主張，使得中國詩學從注重「言志」，走向抒發情感的純文學，開拓劉勰《文心雕龍》、鍾嶸《詩品》等文學批評論著的基礎。

唐代的著名兄弟詩人，如王維和王縉、白居易和白行簡，皆手足情深。天寶十四載（七五五年），安祿山叛變，陷長安城，王維為賊兵所執，被迫受偽職，幽禁於菩提寺經藏院。詩人作〈凝碧池〉詩思念唐室：

萬戶傷心生野煙，百官何日再朝天；
秋槐葉落空宮裏，凝碧池頭奏管絃。

唐肅宗收復兩京之後，論罪刑罰，王維因為有前詩表忠悃之志，加上弟王縉請削去官職為兄贖罪，幸以身免。王氏兄弟戮身赴難，困厄不捨的友愛精神，真是典範在夙昔。

宋代的俊秀昆仲，莫過於理學家程顥、程頤，大文學家蘇軾、蘇轍了。二程兄弟雖為同胞，但是生命情調迥異，大程德性寬宏，以光風霽月為懷；二程氣質剛方，以峭壁孤峰為體。

相對於曹丕、曹植兄弟的：「煮豆持作羹，漉豉以為汁。萁在釜下然，豆在釜中泣。本自同根生，相煎何太急！」蘇軾和蘇轍是最為深情的一對兄弟。嘉祐五年（一〇六〇年），二人投宿懷遠驛中，準備制科考試，風雨之夕，對床夜話，握手盟約日後功成身退，雙雙歸隱山水，永續手足之情。多年中，二人常有詩記此誓言：「寒燈相對記疇昔，夜雨何時聽蕭瑟，君知此意不可忘，慎勿苦愛高官職。」「芒鞋不踏利名場，一葉輕舟寄淼茫。林下對床聽夜雨，靜無燈火照淒涼。」熙寧七年（一〇七四年），蘇軾從江南杭州調赴北國密州，正是蕭颯深秋，心緒蕭索，想起兄弟「當時共客長安，似二陸初來俱少年。有筆頭千字，胸中萬卷。致君堯舜，此事何難？」（〈沁園春〉）風華正茂，何等豪邁！但是歲月流逝，仕途奔波二十年，一無所成。次年中秋，對著當空皓月，蘇軾想起七年未見的弟弟，寫下千古名篇〈水調歌頭〉，相期「但願人長久，千里共嬋娟」。蘇軾後來遭遇小人誣陷，身繫囹圄，回憶夜雨對床舊約永遠無法實現，提筆寫下絕命詩：

是處青山可埋骨，他時夜雨獨傷神。
與君世世為兄弟，又結來生未了因。

讀來淒惻幽怨。史上手足情誼如此真切，無能出其右者。兄弟二人經年累月遊宦各地，不能相聚，東坡〈潁州初別子由〉：「近別不改容，遠別涕霑胸。咫尺不相見，實與千里同。人生無離別，誰知恩愛重。」從執手凝噎相別中，愈發覺得思念繾綣，形體雖關山阻隔，心靈卻緊繫在一起。

六十六歲的老人，獲赦度嶺北歸，至常州瘴毒大作，自知不久人世，寫信給蘇轍：「即死，葬我嵩山下，子為我銘。」了解子瞻者，莫過子由。〈東坡先生墓誌銘〉：「撫我則兄，誨我則師，皆遷於南，而不同歸。」至死不捨。此後十餘年間，子由築居耕讀，撫育兄弟二人的兒子，東坡幼子蘇過在〈祭叔父黃門文〉中：「維二父之篤愛，推其餘於子孫。」由對兄長的敬重而推及其後人的慈愛。蘇氏兄弟的深厚情誼，千年之後仍散發感人的光輝！

朝雲

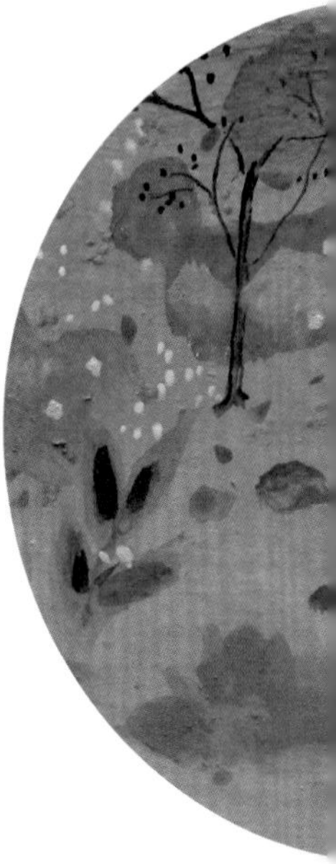

一彈指間三世情愛已斷，
後續無緣，
只有夜夜勤禮舍利塔，
期盼龍華三會再相逢。

蘇軾是中國文學史上難得一見、全方位的大文學家，無論是詩、詞、文、書、畫、文學理論等，都有登峰造極的成就，對於兩宋文藝之輝煌發展，實有不可抹滅的領袖之功。他一生大起大落，曾榮登中書省、知制誥，直接參與國家大政及朝廷百官的選派，並被任命為翰林侍讀學士，貴為天子之師。也曾因為「烏臺詩案」，命如赴湯火之雞，後來更一再遭貶謫至蠻荒的海南。他一生飽嘗生離死別，先是為程氏母和父親蘇洵服喪歸蜀，朝雲為他生一子遯，不滿周歲便夭折，東坡自述：「吾年四十九，羈旅失幼子。……吾老常鮮歡，賴此一笑喜。」暮年遭喪子之痛，情意悲切，讀之悽惻！

他前後三位夫人都比他早逝，原配王弗十六歲嫁他，結縭十一年死亡；王弗堂妹王閏之和東坡患難與共二十五年，享年僅四十八歲。蘇軾的〈朝雲墓誌銘〉說，朝雲十二歲進蘇家，二十三年間隨東坡升陟貶黜，始終不離不棄，紹聖三年（一〇九六年）死於惠州，卒年三十四。這一位戲稱東坡一肚子「不合時宜」的女子，是詩人流放生涯中的知心摯友。

在黃州時，一日，蘇軾讀《白樂天集》，記載年近七旬的白居易，決定返璞歸真，賣掉寶馬，盡遣家妓。但是寶馬卻頻頻回頭嗚嘶，愛妾樊素則泫泣依依，不忍相離，樂天不能忘情，遂留下樊素與寶馬。第二年詩人曾作詩慨嘆：「病與樂天相伴住，春隨樊子一時歸。」旖旎年華的樊素終究還是飄然離去。相較之下，朝雲的相守不渝，令東坡更為珍惜。〈朝雲詩〉說：

不似楊枝別樂天，恰如通德伴伶玄。
阿奴絡秀不同老，天女維摩總解禪。
經卷藥爐新活計，舞衫歌扇舊因緣。

丹成逐我三山去，不作巫陽雲雨仙。

把朝雲譬喻成《維摩經》中的散花天女，不僅有唐代樊素的采藝，東漢通德的深情，東晉李絡秀的堅毅，更有天女的清麗容貌與超凡智慧。

朝雲始不識字，篤信佛教，與蘇軾共建放生池，廣施慈悲，曾從義沖比丘尼學佛，能解佛法大意。臨死時，誦《金剛經》六如偈：「一切有為法，如夢幻泡影，如露亦如電，應作如是觀」而絕，葬於栖禪寺。墓銘說她：「浮屠是瞻，伽藍是依。如汝宿心，惟佛之歸。」以寺院為生命最後依歸。栖禪寺僧特為她建亭於墓前，稱為「六如亭」，亭柱上鐫有東坡撰寫的楹聯：「不合時宜，惟有朝雲能識我；獨彈古調，每逢暮雨倍思卿。」東坡對朝雲的情感，已超越巫山神女之愛戀，而是心靈相契的同參道友，朝雲的殤亡，東坡的悲痛是可想而知的，因此寫下感人的詩篇。〈西江月〉：「玉骨那愁瘴霧，冰肌自有仙風。海仙時遣探芳叢，倒挂綠毛么鳳。素面常嫌粉涴，洗妝不褪脣紅。高情已逐曉雲空，不與梨花同夢。」（詠梅）

〈悼朝雲〉詩：

苗而不秀豈其天，
不使童烏與我玄。
駐景恨無千歲藥，
贈行惟有小乘禪。
傷心一念償前債，
彈指三生斷後緣。
歸臥竹根無遠近，
夜燈勤禮塔中仙。

以冰肌玉骨的梅花來象喻朝雲的麗質天生、高雅脫俗，但是蛾眉卻遭天妒，生命尚未綻放便已凋零。揚雄的兒子童烏況且活至九歲，能與父親談玄說妙，而二人的骨肉卻周齡夭折。一彈指間三世情愛已斷，後續無緣，只有夜夜勤禮舍利塔，期盼龍華三會再相逢。東坡對朝雲的真醇感情，清．何絳讚歎：「試上山頭奠桂漿，朝雲豔骨有餘香。宋朝陵墓皆零落，嫁得文人勝帝王。」（〈朝雲墓〉）千古以來讓多少文人智士為之傾心低吟。

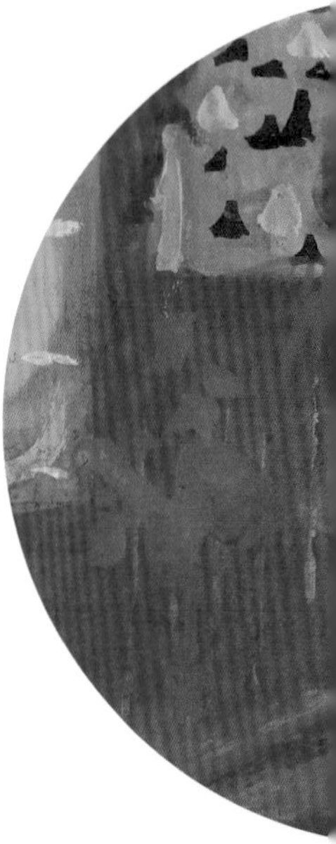

寧作我

名關、利關、情關、
恭敬關、權力關……，
關隘何其多！
人生的況味、
生命的興味，
要蘊藉涵泳，
細細品茗。

南宋詞人辛棄疾有一首作於博山寺的〈鷓鴣天〉詞：「不向長安路上行，卻教山寺厭逢迎，味無味處求吾樂，材不材間過此生。寧作我，豈其卿。人間走遍卻歸耕。一松一竹真朋友，山鳥山花好弟兄。」

辛棄疾號稼軒，生於南宋高宗紹興十年（一一四〇年），山東歷城人。出生前十三年，宋室遭靖康之難，山東淪於金人之手。少年的稼軒隨著祖父兩次登臨燕山，諦觀形勢，一生心願亟思恢復宋朝故土。紹興三十一年（一一六一年），金主完顏亮大舉南犯，濟南耿京等紛紛聚眾起義，稼軒鳩眾二千，為耿京書記，力勸他歸順南宋。次年正月，奉表歸宋，高宗召見於建康。閏二月，北歸途中聞耿京為張安國所殺，詩人赤手率領五十兵騎，逕趨全營五萬大軍中，擒張安國至建康斬首，稼軒詞自稱「壯歲旌旗擁萬夫」，英雄出少年，時年二十三歲。

稼軒既深諳軍韜兵略，又處宋金交戰之秋，南宋正需要棟梁人才，運籌帷幄，共謀軍機。但是稼軒作為從淪陷區外來投誠的歸正人，始終遭到有意無意的排擠防抑。南歸四十多年中，雖然三次被任命出仕，但是多為地方官職，沉浮於下僚，無法參與國家大事。其中二十多年，更三度落職，被迫投閑置散。眼看國家這座大廈日益傾頹，而詩人明明為擎天之柱，有才幹挽狂瀾於既倒，但是「卻將萬字平戎策，換得東家種樹書」，不為朝廷所信任。只好寄情山水，抒發幽憤，稼軒詞中英雄失路的悲慨孤獨，讀來讓人格外心疼。這首詞正是壯年遭劾退居上饒的作品。

長安自殷周至唐，十個朝代都曾建都於此，長安遂成為帝都的通稱，是權勢富貴的象徵。不管昔日的長安或南宋國都臨安，乃至今天的凱達格蘭大道，自古以來有多少人奔逐於官宦仕途，為求位居要津。而詩人卻厭倦朝市的紛擾鬥狠，政治的爾虞我詐，嚮往山林的澹泊恬靜，遠離塵囂，竟日往寺院尋幽訪勝，惹得僧人疲於接待。人生當在老子「為無為，事無事，味無味」中求得平衡，酸甜苦辣的五味令人口爽，絕對的權力滋味，容易令人迷失墮落。人生的況味、生命的興味，要蘊藉涵泳，細細品茗。《莊子・山木》描繪山中神木因為不材而得保天年，雁鳥卻因為不材而遭殺戮，人生在無用、大用之間如何尋求中庸之道？鋒芒畢露，「蛾眉曾有人妒」；反之庸庸碌碌，尸位素餐，對家國、蒼生一無貢獻，將與草木同朽。

雲門禪風有三關，世間卻有名關、利關、情關、恭敬關、權力關……，人生的關隘何其多！瑞巖禪師坐在岩石上，天天自問自答：「瑞巖！主人你在嗎？」「在！」人生當要活出自我，寧可耕種於巖畝之間，做自己的主人，自在逍遙，也不周旋於廟堂，做名利的奴僕。世態的炎涼，人間的穢濁，都看遍、看透、看淡了，不如歸耕山野，「宜醉宜遊宜睡……管竹管山管水」（辛棄疾〈西江月〉）。世上的朋友如秤，趨炎附勢，秤我輕重；世上的朋友如華，錦上添花者多，雪中送炭者幾希。不如青松之後凋不棄，翠竹之凌雲有節，山鳥山花之渾然忘機，才是真正的朋儕摯交。稼軒這首苦語鍼砭的論世之作，表面故做出世語，實為憤極語，雖有怨悱不平，但是更有立身行事的通脫曠達，磊磊落落，讀之泠然灑然，值得賞吟。

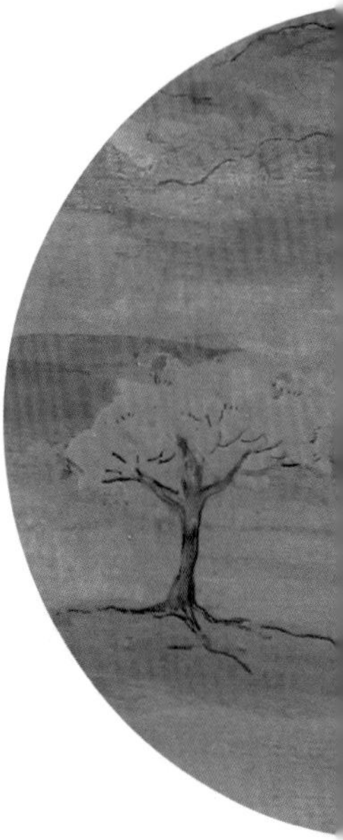

守拙

脫去名韁利鎖，
歸居田園茅茨，
看似愚拙無成，
但卻享受到人生的逍遙。

莊子〈達生篇〉有一則寓言：紀渻子為齊王養鬥雞，過了十天，齊王迫不及待地問：「我的雞可以上戰場了嗎？」「不可！此雞性情驕矜，相鬥必敗。」再過十天，齊王又催問，紀渻子仍然說：「牠聽到外面聲響，就咯咯回應；看到外面影子晃動，就心浮氣躁，易受外境牽動，不宜打仗。」數十天過去了，齊王終於按捺不住，紀渻子說：「據我近日觀察，不管其他的鬥雞如何鳴叫挑釁，牠都神閑氣定，望之儼然呆若木雞，群雞一見就潰敗逃竄，天下無敵矣！」

莊子的寓言要我們涵養內斂的生命，太過鋒芒畢露，不但不能全生，適足以害命，麝因有香身先死，橡因有膠遭砍伐，虎豹因有采紋被獵殺，因此老子哲學主張：「大直若屈，大巧若拙，大辯若訥。」孔子說曾子：「參也魯！」正是靠這位夫子心目中憨厚的弟子，儒家的仁恕學說才得以傳揚。《列子・湯問》記載北山九旬愚公，因為太行、王屋兩座大山擋住出入，決心率領子孫剷平青山，鄰村智叟取笑他愚不可及，螻蟻如何撼動峻嶺？愚公說：「我死了有兒子，兒子死了有孫子，孫子死了又有他的兒子，代代相續，而山的高度又不會增加，何愁不會夷平呢？」世上多的是急功近利的智叟，愚公耐煩耐久的愚笨處正是我們不及的地方。

人生在世不必太聰明，更不可逞聰明，不僅要藏拙，更要養拙。朝雲為蘇軾生下第四子遯，作滿月時，東坡曾做〈洗兒戲作〉詩：

人皆養子望聰明，我被聰明誤一生。
惟願孩兒愚且魯，無災無難到公卿。

東坡説自己「平生文字為吾累」，他因為詩文而名滿天下，也因為詩文而無端惹出「烏臺詩案」，身陷囹圄，幾至殞命，因此詩人才會發出兒子不必有世智辯聰的喟嘆。古人對於守拙的人生觀多有闡發，謙遜自己的作品為拙著、拙作、拙筆，稱謂自己見解為拙見、拙訥，戲稱自己妻子為拙荊。白居易〈養拙〉詩：

鐵柔不為劍，木曲不為轅。
今我亦如此，愚蒙不及門。
甘心謝名利，滅跡歸丘園。
坐臥茅茨中，但對琴與尊。
身去韁鎖累，耳辭朝市喧。
逍遙無所為，時窺五千言。

脱去名韁利鎖，歸居田園茅茨，看似愚拙無成，但卻享受到人生的逍遙。

布袋和尚面對人生的難堪、羞辱時，總以隨緣豁達的態度來化解：「老拙

穿衲襖，淡飯腹中飽；補破好遮寒，萬事隨緣了。有人罵老拙，老拙自說好；有人打老拙，老拙自睡倒。涕唾吐臉上，隨他自乾了；你也省力氣，他亦無煩惱。」鄭板橋主張為人處世要「難得糊塗」，這不正是老拙超然榮辱、淡泊物欲的守真樸拙之道嗎？

黃庭堅〈牧童〉詩：「多少長安名利客，機關用盡不如君。」多少人棲棲遑遑奔走仕途，熙熙攘攘競逐名利，爾虞我詐，機關盡用，迷失本真，倒不如牧童安於拙愚。當今浮誇的社會實在需要一些拙守分際、樸質踏實的智者。

送窮

時運不濟，
懷才不遇，
仍應固守風骨，
不可隨波逐浪，
發揮的正是
士君子「固窮」的精神。

唐宋古文八大家之一的韓愈，有一篇詭奇的文章〈送窮文〉，列舉人間有五種窮鬼：智窮、學窮、文窮、命窮、交窮，四十餘年如一日，如影隨形，常相左右。韓愈決定遣退五個窮鬼，於是結柳作車，縛草為船，載備粻糧，三揖窮鬼而告之，展開了一場饒富趣味的詼諧對答。

韓愈此文作於號稱「中興英主」的憲宗元和六年（八一一年），唐朝經過安史之亂後，人心亟思安定，社會期望否極泰來，韓退之個人官職也屢有升遷，加以自以才高，不隨流俗，始終無法擺脫政治仕宦、經濟生活的窮困，因

老實念佛

此撰著〈送窮文〉，以抒發胸中鬱勃。中國傳統士人有「君子固窮」的觀念，「窮」指時運不濟，懷才不遇，英雄失路，空有「致君堯舜」的雄才大略，但是秋扇棄置於木匣，不為世用。雖然如此，仍應固守風骨，不可隨波逐浪，韓愈的「送窮」寓諷喻於戲謔之中，發揮的正是士君子「固窮」的精神。

何謂五窮？「矯矯亢亢，惡圓喜方，羞為姦欺，不忍害傷。」操守端正，不行奸詐巧佞，不傷害別人，是名智窮。「傲數與名，摘抉杳微，高挹群言，執神之機。」發掘深幽的道理，綜合百家之言，不偏執一方，是名學窮。「不專一能，怪怪奇奇，不可時施，祇以自嬉。」精通各種文學，文章富於創造，善作破格奇文，是名文窮。「影與形殊，面醜心妍，利居眾後，責在人先。」面貌醜陋，內心善美，恥於爭利，勇於負責，是名命窮。「磨肌戛骨，吐出心肝，企足以待，寘我讎冤。」待人真誠，肝膽相照，對方卻視我如寇讎，是為交窮。正人君子往往因為耿介不屈而招怨，不容於世俗而窮困潦倒，「眾人皆醉我獨醒」，必須忍受既遺世、也為世所遺「高處不勝寒」的孤獨。五種窮鬼其實是難能可貴的生命品質，不該送遣，也無法驅離。因此，「送窮」最終卻以「留窮」作結，一生甘與窮厄為伍，命雖蹇而具風骨。

韓愈〈送窮文〉實出於西漢揚雄〈逐貧賦〉，《山谷題跋》指出二者「制度始終極相似」。揚雄責問「貧」說：「人皆文繡，余褐不完；人皆稻粱，我獨藜餐。」「身服百役，手足胼胝；或耘或耔，露體霑肌。」「朋友道絕，進官凌遲。」不僅生活清貧，終年勞累不得溫飽，仕途也極不得意，因此對貧困下了逐客令：「今汝去矣，勿復久留！」貧卻振振有辭反駁道：安貧「堪寒能暑」、「桀跖不顧，貪類不干」，不必擔憂宵小竊取財富，得到磨鍊，成就事業。「逐貧」、「送窮」語言生動有趣，寓莊於諧，正語反說，採用近似寓言形式的幽默筆調，來反諷社會的腐敗現象。同調的作品尚有柳宗元的〈乞巧文〉，都是饒富思想性的諷刺文學。

六相圓融

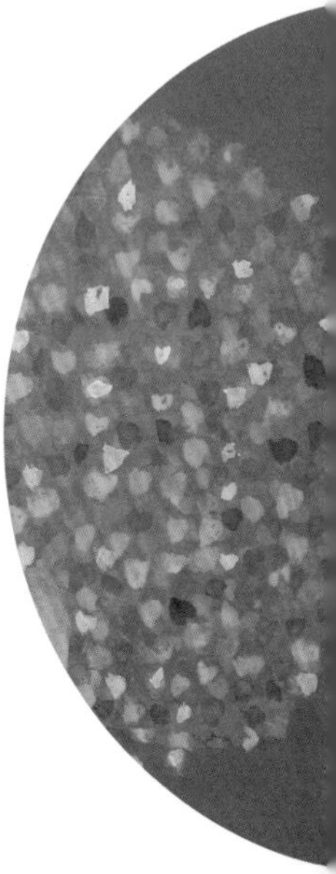

泯除強烈的愛憎心理，平等對待一切，無私容納一切，便能清明的享受生命。

禪宗三祖僧璨《信心銘》開宗明義説：「至道無難，唯嫌揀擇；但莫憎愛，洞然明白。」幽微精深的真理其實不難理解，最忌諱我們妄加分別好壞，產生揀汰擇取的行為。如果能夠泯除強烈的愛憎心理，平等對待一切，無私容納一切，便能清明地享受生命。

開創雲門宗的雲門文偃禪師，唐嘉興人，依空王寺志澄律師出家，後往謁睦州道蹤禪師，連續三日，皆被睦州嚴拒於門外。至第三日晨，文偃一俟睦州啟開寺門，便一腳搒入，睦州急掩門，咄咄問道：「何人？作麼生？」「雲門！大事未明，乞師指示。」「為何如此喧譁？」「腳被夾在門內。」「人在何處？」「門外。」「好端端一個人為什麼逕自分成內外？」文偃言下大悟，禪宗史上稱為「雲門斷腿」。

處於第十層樓的人，十一層為上，九層為下。就第九層而言，十層又為上。世間的內外、高下、美醜、貧富、貴賤、黑白，都是相對性的存在，如果加上主觀的好惡選擇，容易產生黨同伐異的弊端。東漢末年的黨錮之禍、唐代的牛李黨爭、北宋新舊黨爭、明末東林黨爭等，歷代朋黨之爭的層次與內涵雖然各有不同，但是隨著政爭的激化相左，彼此缺乏包容，更加深喜同惡異的排他性格，甚至把國家推向衰亡的淵藪。

華嚴宗的集大成者三祖法藏大師，著作《華嚴五教章》，揭櫫六相圓融的思想：「總相者，一含多德故。別相者，多德非一故。別依止總，滿彼總故。同相者，多義不相違，同成一總故。異相者，多義相望，各各異故。成相者，由此諸緣起成故。壞相者，諸義各住自法，不移動故。」譬如人的身體是總相（整體的一），眼耳鼻舌等器官為別相（差別的一切）；眼耳鼻舌等六根，雖然同為身體的器官之一（同相），但是各有視覺、聽覺、嗅覺、味覺等不同的

自性佛道誓願成

功能（異相）；各個器官都很正常無恙，身體自然健康，沒有病痛（成相），反之，只要其中一個器官發生病變，便可能喪身失命（壞相）。因此，六相相即相輔，彼此圓融，成就對方。國家、社會，乃至整個世界，何嘗不是如此。一個公司的研發、生產、行銷等部門互為別相，國家的立法、行政，政府、人民，執政、在野也互為別相，每一個別相不僅自身要健全，更須容納異己存在，圓融對方，而不是黨同伐異，總相的國家才能欣榮發展。

禪門流行一則公案：有位師父兩腿害風濕，叫大小兩位徒弟分別按摩左右腿。師父竟日對著大小愛徒讚美對方，數落當事人的缺點。兩位弟子各自懷疑對方進自己的讒言，挨師父的責備。一日，小師弟趁大師兄外出，折斷了他按摩的腿，大師兄一怒之下，以牙還牙，也將小師弟負責的另一條腿打壞，斲傷了師父的健康，寸步難行。家庭的每一位成員，國家的每一分子，不正是大小徒弟的身影？矛盾、對立、猜疑、撕裂，只有滅亡；寬恕、包容、誠信、融和，才能生存。

桃花・玄都觀

昔日叱吒風雲、
不可一世的奸佞今日何在？
恰似桃花逐流水，
不如劉郎的傲骨錚錚……

中唐詩人劉禹錫，童年在嘉興等地，跟隨詩僧皎然、靈澈學詩。二十一歲登進士第，三十一歲為監察御史，與韓愈、柳宗元同在御史臺。唐代自安史之亂後，由於藩鎮割據，宦官擅權，盛唐氣象不再，國勢日頹。永貞元年（八〇五年），當了四十多年太子的順宗即位，延用王叔文、王伾等大臣，進行如火如荼的政治改革，史稱永貞革新。劉禹錫和柳宗元尤其是革新運動的兩名大將，揭發時弊，不遺餘力，深為豎宦所忌。順宗即位八個月，不幸中風，不得已禪位於年輕的太子憲宗，革新夭折失敗。王叔文、王伾坐死，宰相韋執誼、柳宗元、劉禹錫、韓泰等八人，貶至各州為司馬，縱逢天下大赦，此八人也不在量移寬宥之限，史稱為「二王八司馬事件」。昏聵的皇帝對於他最菁英的臣工，做出變態的、最嚴厲的處罰。

三十四歲，正值壯年的劉禹錫被貶謫為連州（今廣東連縣）刺史，行至江陵（今湖北）時，再貶朗州（今湖南常德）司馬。十年後返回長安，與柳宗元等同遊玄都觀，適值桃花盛開，作〈戲贈看花諸君子〉詩：

紫陌紅塵拂面來，無人不道看花回。
玄都觀裏桃千樹，盡是劉郎去後栽。

《法苑珠林》卷四十一引《幽明錄》：漢永平五年（六二年），剡縣有劉晨、阮肇二人結伴入天台山，在山嵐雲靄中迷失了方向，十三日寸粒未進，饑餒欲死。忽然遙望山峰上有一棵桃樹，果實纍纍。二人採啗幾顆，頓覺力氣充沛。下山飲水時，看到溪畔有兩位妙齡少女，面如桃花般燦麗，相邀回家，同享桃夭之樂。半年後，劉阮二人下天台山，回到故鄉，只見親朋故舊零落，人間竟然

已經過了七世，滄海桑田，恍如隔世。宋詞依此典故，而有〈阮郎歸〉的詞牌。

劉禹錫藉詩諷諭「黃鐘毀棄，瓦釜雷鳴」，玄都觀的桃花栽植於自己被流放的歲月，因為耿介正直的劉郎不在朝中，孌佞的小人才得以攬權得勢，好似桃花舞春風一般，雖然受寵幸於一時，但是倏忽之間便凋謝。詩人犀利的筆鋒，觸痛了皇帝的神經，執政不悅，一怒把他又貶至更遠的播州（今貴州）。柳宗元因為劉禹錫有八十餘歲老母同行，自己雖然同受苦難，發揮高貴的情誼，自願以柳州換播州，加以宰相裴度的力諫，最後改授連州刺史，一放逐又是十四年的華年流逝。返京後，詩人重遊玄都觀，只見當年嬌豔的桃花蕩然無存，只有兔葵燕麥在春風中搖曳。劉禹錫詩興大發，又寫了〈再游玄都觀絕句〉：

百畝中庭半是苔，桃花淨盡菜花開。
種桃道士歸何處？前度劉郎今又來。

昔日叱吒風雲、不可一世的奸佞今日何在？恰似桃花逐流水，不如劉郎的傲骨錚錚，絕不妥協。千年後，詩人的倔強身影，依然充滿撼動人心的魅力。

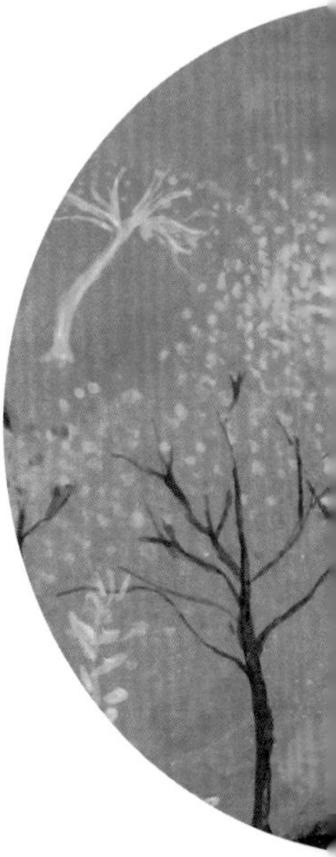

持節雲中遣馮唐

馮唐的名言：
「法太明，賞太輕，罰太重」，
大功不賞，
小過重罰。
身為主管者，
應該引以為鑑。

《史記．馮唐列傳》記載：號稱為西漢盛世的文景之治，匈奴兵騎仍然經常來犯邊，掠奪財物，人民不勝其擾，文帝深引為患，慨嘆道：「如果我朝能擁有先秦的廉頗、李牧等名將，以抵抗胡虜，黎民百姓便能安居樂業。」大臣馮唐卻澆了皇帝一頭冷水：「縱然廉頗、李牧等驍勇善戰的將軍在世，皇上你也不能知人用人。」皇帝聽了，勃然大怒，憤而拂袖進入內宮，良久才平復情緒，召見馮唐問道：「你為何說我不能善用國家棟梁之才，好似昏昧的國君？」

馮唐正色稟告：「臣聽說山西雲中郡太守魏尚大將軍，和當年的李牧一樣勤政愛民，經常拿出私人俸祿，五日殺一頭牛犒賞軍士。平時養兵於田畝之中，耕種生產；國家一旦有兵事，士卒一心，奮勇殺敵，匈奴聞聲遠避，不敢來侵犯。有一次敵人來偷襲，魏尚率領兵士迎頭痛擊，終日力戰，大獲全勝，斬殺敵人首級向朝廷呈報功績。因為這些士卒出身平常百姓人家，更多樸質的農村子弟，不熟悉官府文書兵籍的記錄規則，報功時敵人頭顱只差了區區六個數目，刀筆吏便認為他們謊誇虛報，將魏尚等人繩之以法，削去他的職位，判以重罪。臣以為陛下訂法過於嚴明，臣民有功於國家獎賞太輕，稍有小過卻懲罰太苛。長此以往，縱得廉、李般肱將相，也不知珍惜重用。」滿臉慚愧的文帝，趕忙命令馮唐執持符節赦免魏尚的罪失，恢復他雲中太守的爵位，並且拜馮唐為車騎都尉。

歷代有不少的帝王，透過刀筆吏加諸於他的功臣武將種種罪名，以便於統治管理。絳侯周勃是劉邦的開國大臣，曾平定外戚諸呂之亂，立太子為文帝，當過太尉、右丞相。如此功績彪炳的佐國良相，被一個小小的河東尉告倒下獄，飽受獄吏凌辱，幾乎喪命。兒子周亞夫平七國之亂，鞏固景帝皇位，因

為替自己購買「甲盾五百具」的陪葬物，刀筆吏誣以「欲反於地下」的荒謬罪行，被景帝打入牢獄，吐血而死。匈奴深深畏懼的「飛將軍」李廣，唐詩人盧綸描繪他：「林暗草驚風，將軍夜引弓；平明尋白羽，沒入石稜中。」一度與衛青聯手攻打匈奴單于，因為迷路，誤了返營日期，《史記》說他：「廣年六十餘矣，終不能復對刀筆之吏」的侮辱，憤而引刀自刎，留下英雄失路的形象，背後隱藏的是帝王對臣工猜忌、懷疑的不安心理。

蘇軾有一首密州出獵的〈江城子〉詞，描寫聊發少年狂的老夫，「酒酣胸膽尚開張。鬢微霜，又何妨。持節雲中何日遣馮唐。會挽雕弓如滿月，西北望，射天狼。」如果有犯顏敢諫、仗義直言，保護賢良的馮唐，詩人將奮不顧身，奔向戰場掃蕩貪殘的豺狼。馮唐的名言：「法太明，賞太輕，罰太重」，大功不賞，小過重罰。身為主管者，應該引以為鑑。

家有惡犬

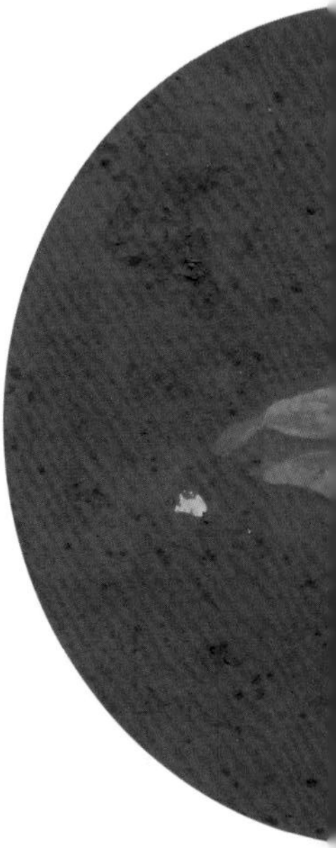

為人主管者，須廣開視聽，察納雅言，慎防小人狎近。賢良日遠。

《韓非子．外儲右上》有一則發人深省的故事，主管領導者應引以為戒：春秋戰國時代，宋國有一戶賣酒人家，釀出來的酒甘醇美味，主人待客親切熱情，價錢又低廉，升斗也公正，童叟無欺。酒店主人每天把酒旗高高懸掛，笑容可掬站在店門口吆喝賓客，說也奇怪，每個路人走到酒店前，總是倉皇地迅速離去，竟日裏門可羅雀，沒有人來買酒，好端端地一罈罈美酒因為賣不出去，日子久了，全變成了酸醋。

反觀對街的同行，所醞釀的濁醪既辛辣難以入口，價錢也不便宜，尤其

學道猶如守禁城
晝防六賊夜惺惺
將軍主帥能施令
不動干戈定太平

店主根本無暇招呼客人，因為每天來沽酒的人門庭若市，幾乎踩平了門檻。宋人守著冷清的店，望著對面進進出出的熱絡人潮，一肚子的納悶，百思不得其解。

一天，好不容易上門了一位客人，那是城中最有智慧的長者楊倩。宋人趕忙請教楊倩：「我家的酒味道如何？」「香冽醇美極了！」「酒價公道嗎？」「物美價廉。」「本店待客態度如何？」「和藹可親。」「既然我的酒店樣樣條件都如此好，為什麼沒有客人來喝酒？」「你想知道真相嗎？那是因為你家門口蹲了一隻獒犬，凶猛剛暴，一看到客人就呲牙裂嘴，把上門的顧客都嚇跑了，你的酒再甘甜也乏人問津。」

韓非又舉了一例：一日，齊桓公問管仲：「治理國家最懼患什麼？」「最患人主左右有社鼠。」「什麼叫患社鼠？」「土地廟前樹蔭濃密如傘蓋，人們圍在大樹下慶祝稻麥的豐收，而宵小鼠輩卻進出社廟，鑽入樹根泥穴之中。老百姓想要用火焚燒牠，恐怕燻傷了大樹；村人轉而想取水灌滿洞穴逼出老鼠，又擔心沖垮社廟的基墻，投鼠忌器，無法除去鼠患。」

韓非善用巧喻，諷諭「國亦有狗，有道之士懷其術而欲以明萬乘之主，大臣為猛狗迎而齕之，此人主之所以蔽脅，而有道之士所以不用也。」良禽擇木而棲，有才學的知識分子本來想貢獻己能，為明主所用，奈何奸佞小人當權，如惡犬般守在人君身側，蒙蔽了君上，噬傷了賢良，徒然讓國家失去棟梁人才；更有甚者，社鼠圍繞，「出則為勢重而收利於民，入則比周而蔽惡於君。」瞞上欺下，營私結黨，剝削民脂民膏，竊取國家財物。綜觀歷史，歷代君王身邊總不乏陰狠的汙點佞臣：趙高之於秦二世、李林甫之於唐玄宗、秦檜之於宋高宗、嚴嵩之於明世宗、和珅之於乾隆、李蓮英之於慈禧，構成了一面賢良日遠、小人狎近的密實鐵網，最後崩毀了社稷百年基石。

韓非的精采寓言用於今日的領導學，仍然有深刻的啟示，為人主管者除了本身具備優秀的種種條件之外，譬如宋人的醇酒美釀，更須廣開視聽，察納雅言，慎防貼身的家犬狐假虎威，擋住賢人進路，如此則空浪費了自家的一罈好酒。

養鼠為患

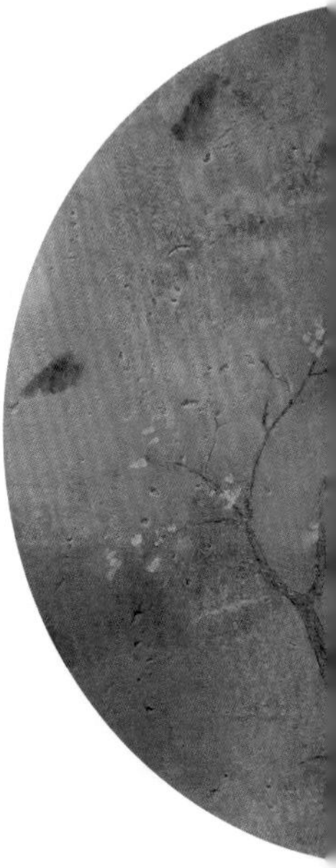

貪取無饜的鼠輩小人，
固然可悲可厭；
而縱容宵小的上位主人，
更是始作俑者，
令人扼腕可恨！

柳宗元因為參與「永貞革新」失敗後，偕著老母親、堂弟宗直、表弟盧遵，被遠謫至荒僻的永州長達十年之久，母死弟亡，成為柳宗元心中永遠的痛楚。繼而又被貶到更南荒的柳州，最後雙目失明，以四十七歲的風茂年華含冤貶死。詩人雖然長期生活在屈辱、罷黜之中，卻因此更接觸到社會的底層，對於民間的疾苦、朝政的腐敗、官僚的殘暴，有更深刻的認識，詩人於是以敏銳的文學觀察，沉雄的筆力，對唐代社會的矛盾現象提出鍼砭，膾炙人口的〈三戒〉以寓言形式，淋漓酣暢地嘲諷了得勢小人。

〈三戒〉由三篇寓言小品構成，〈永某氏之鼠〉藉喻永州有一愚昧百姓迷信占候卜筮，生活中諸多禁忌。此人出生於「子」年，依照天干地支的順序計算，肖屬子神老鼠。愚夫一心認定老鼠是自己的本命，因此特別鍾愛鼠輩，家中不許畜養貓犬，並且嚴令僮僕不可捕捉、傷害老鼠，任憑牠們進出穀倉、庖廚啃噬糧食，幾乎到了「愛鼠常留飯」的光景。

某氏家的老鼠們每天過著食不匱乏的優渥生活，不僅不知收斂，並且荒唐地昭告天下同類，說自家主人如何寬待牠們，邀請普世所有鼠輩們都同來享受榮華富貴。老鼠們從此以某氏家為安樂窩，白晝排列成行、大搖大擺和愚夫同進同出，毫無畏懼之色；晚上咬嚙東西，也不知遮掩，發出巨大的聲響，打架互毆，逞凶鬥狠，惹得某氏一家人無法安眠。老鼠們打壞了某氏家的器皿，幾乎沒有一個完好的家具，咬破了衣櫃裏所有的華服，沒有一件可以倖免。某氏一家人每日吃的食物是老鼠們吃剩的東西，僕人們耽心會傳染鼠疫，極力勸諫主人要撲滅鼠害，但是主人愚昧、頑冥、固執極了，堅持自己和老鼠是生命共同體，三令五申保護宵小鼠類到底。

如此經過幾年，愚夫一家人不堪老鼠貪婪、猖獗的騷擾生活，終於搬離了永州，遷徙到別州，有了前車之鑑，從此捕捉老鼠特別勤快。永州老屋搬來了新的主人，老鼠們不知道新主人新作風，不知大禍即將臨頭，卻重施鼠竊狗盜的技倆。新主人看到滿屋奔竄的老鼠，嫌惡地說：「這些陰類惡物的老鼠比盜賊還令人憎厭，牠們為什麼如此地張狂、肆無忌憚呢？」於是命令僕人飼養五、六隻貓，把貓放入關閉的房屋內，備置各種的捕鼠器，用水灌入老鼠洞，並且重賞僮僕，展開一場驚心動魄的人鼠大戰。捕殺的老鼠堆積如山丘一般高，鼠臭連續了幾個月才消去。

柳宗元以幽默詼諧的筆法，描寫唐代政治現象中依仗人勢、不學無術、竊時肆暴、貪婪嗜取的小丑人物，譏切時弊，寓意深遠，具有詩騷的美刺精神。那些貪取無饜，妄想飽食無禍的鼠輩小人，落個遺臭人間的命運，固然令人可悲可厭，而縱容宵小如此狂誕暴狠的上位主人，更是始作俑者，令人扼腕可恨！

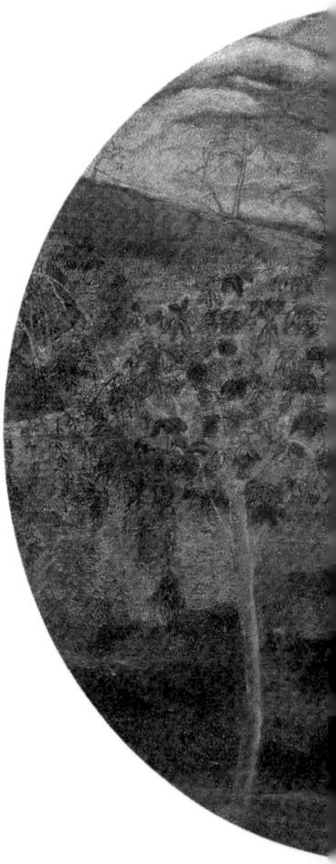

東坡的痛

困厄中的蘇軾，
不暇自艾自憐，
以仁心悲懷貼近眾生的憂悲、
溫潤眾生的苦難，
是個關懷人文的達觀智者。

北宋大文學家、大政治家蘇軾留給民間的是「皛飯」、「一屁打過江」、「牛糞心」等促狹、慧黠、耍聰明的刻板印象，歷史上的東坡只有姐姐，沒有稗官野史所描寫的蘇小妹，秦觀是「蘇門四學士」中最受蘇軾關愛的一人，但兩人並無姻親關係，秦少游更不是戲曲小說中所渲染的東坡的妹婿。現實生活中的蘇軾的確充滿幽默、詼諧、機智，同時更是個度量寬大、性格通脫、富有人道精神的仁者。陷害他、羅織他入罪的章惇後來也遭到罷相，失去權勢，東坡從海南島獲赦渡海北歸，暫住在常州時，在京口遇到章惇的兒子章援，請求蘇軾原諒自己的父親。詩人不念舊惡回信給章惇，對他的落職表示同情慰問，展現東坡磊落、恢宏的器度。

宋神宗熙寧七年（一〇七四年），蘇軾被任命為密州（今山東諸城）知州，迎接他的是「蝗旱相仍，盜賊漸熾」的蕭條饑荒。連年的乾旱不雨，加以蝗害肆虐，饑民淪為打家劫舍的盜匪，他一面要「磨刀入谷追窮寇」，整頓治安，一面要「灑淚循城拾棄孩」（〈次韻劉貢父李公擇見寄〉），親自巡視城內，搶救被父母拋棄嗷嗷待哺的幼兒。他在〈與朱鄂州書〉中說：「軾向在密州，遇饑年，民多棄子，因盤量勸誘米，得出剩數百石，別儲之，專以收養棄兒。……所活亦數千人。」他號召百姓收養棄兒，並給予收養家庭者補助義倉的口糧，救活了數千名的百姓與棄兒。在〈和孔郎中荊林馬上見寄〉詩中，他慚愧自責：「秋禾不滿眼，宿麥種亦稀。永愧此邦人，芒刺在膚肌。平生五千卷，一字不救飢。」民胞物與、愛民如子的州官形象，鮮明地躍然紙上。

元豐二年（一〇七九年），御史中丞李定彈劾蘇軾謗訕朝政，詩人獲罪貶至黃州，史稱「烏臺詩案」。東坡在黃州貶所，發現「黃州小民貧者生子多不舉，初生便於水盆中浸殺之」，而「岳鄂間田野小人，例只養二男一女，

過此輒殺之，尤諱養女。……初生輒以冷水浸殺。」（〈與朱鄂州書〉）黃鄂兩地均有溺斃嬰兒的惡俗，他於是寫信給素有孝行美名的鄂州知州朱壽昌，請政府嚴法懲誡，革除不人道的弊習。東坡並且舉佛家慈悲教義說：「佛言殺生之罪，以殺胎卵為最重。六畜猶爾，而況於人。……悼耄殺人猶不死，況無罪而殺之乎？」殺害畜生已經罪業深重，何況殺人？依據《禮記・曲禮》，古時候七歲小孩（悼）和八、九十歲的老人（耄），犯了殺人重罪，況且不加刑罰，而小嬰孩卻無辜遭溺死，慘絕人寰，天理所不容。為了搶救這些襁褓中的嬰兒，東坡乃「使率黃人之富者，歲出十千」，詩人自己「吾雖貧，亦當出十千」，大家出錢捐贈給無力撫育孩子的貧者，救下了一千多名小兒。

困厄中的蘇軾，不暇自艾自憐，以「人溺己溺，人飢己飢」的仁心悲懷貼近眾生的憂悲、溫潤眾生的苦難，是個關懷人文的達觀智者。

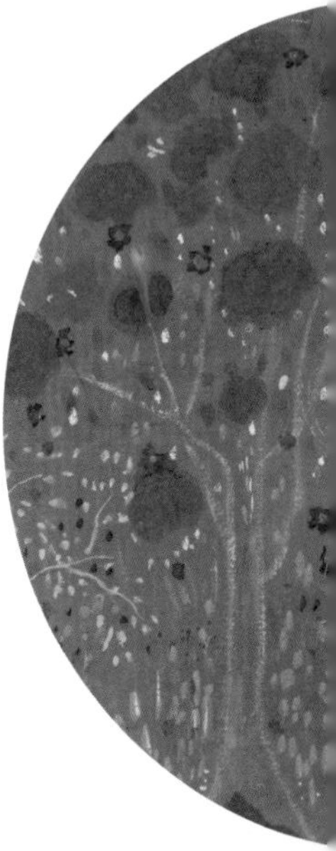

《老子》說：
「治大國如烹小鮮。」
治大國尚且要如此戒懼謹慎，
何況蕞爾島國，
更要抱持臨淵履薄之心，
護之愛之唯恐不及。

種樹哲學

唐宋古文八大家之一的柳宗元，他的散文內容豐富，成就卓越，真實反映唐代社會生活、政治情況的沉痾問題，實踐他自己揭櫫的「辭令褒貶」、「詞正而理備」的文學觀點。尤其是他的寓言諷刺文，更是短小警策，寓意深遠，既表現出他傑出的美刺才能，更顯現他溫柔敦厚的詩心情懷。

貞元十四年至永貞元年（七九八—八〇五年），柳宗元在長安為官，針對時弊，寫下〈梓人傳〉、〈種樹郭橐駝傳〉等名篇。其中，〈種樹郭橐駝傳〉描寫一個姓郭的種樹人，因為他駝背如山峰隆起，俯身彎腰走路，好似駱駝一般，因此鄉人戲稱他為郭橐駝。他自己也覺得很貼切，遂捨棄本名。郭橐駝雖然佝僂曲脊，形貌異於常人，但是擅長種樹，他所種植的樹木既高大茂盛，滿樹果實纍纍，無論移植到哪裏，總是成長得非常茁壯。其他同業的人暗中窺探郭橐駝的培植方式，依法模仿試驗，始終比不上郭橐駝的高超技藝。有好事者於是登門請教郭橐駝如何種植出壯碩的林木，引出一段睿智的種樹哲理。

「十年樹木」的方法無他，要能「順木之天，以致其性」，順應樹木的成長規律：「其本欲舒，其培欲平，其土欲故，其築欲密。」樹根要埋植深固，讓它舒展自如，填坑蓋根的泥土要不高不低，和地面一樣平坦，並且要帶有原來的舊土，封土時要搗築得很扎實，如此便能本固而孳茂。種好之後，要堅守「勿動勿慮，去不復顧」的原則，栽種時彷彿撫育幼孩一樣細心，栽好後如同拋棄鞋履，切忌旦視暮撫，已去而又復顧，甚至「爪其膚以驗其生枯，搖其本以觀其疏密」，掐抓樹皮來驗察樹木的榮枯，撼搖樹幹來觀測封土的鬆實。如此刻意地揠苗助長，愛之反而害之，憂之恰巧讎之，不能隨順樹木的自然本性，反而斲傷它的生機。

「順天致性」的種樹道理運用於治人治國時，要能與民養息，不可以生事

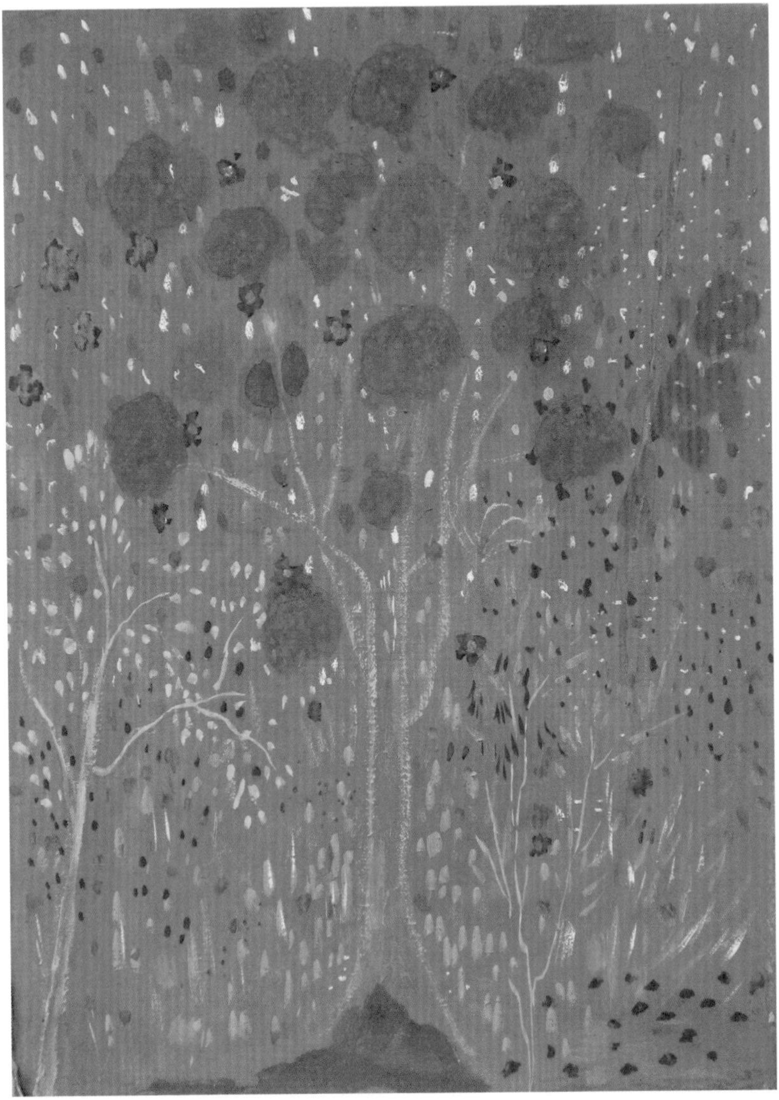

以擾民，逼迫百姓「早繅而緒，早織而縷，字而幼孩，遂而雞豚」。抽好絲，織好布，養育好孩子，繁殖好雞豬，增加國家財富稅收，而政府本身「好煩其令」，今朝制憲，明日修憲，朝令夕改，出爾反爾，不能居敬行簡，順性自然，國家將「病且怠」矣！

《老子》：「治大國如烹小鮮。」治理國家譬如烹煎小魚，過度翻擾將粉身碎骨，不成形狀；治大國尚且要如此戒懼謹慎，何況蕞爾島國，更要抱持臨淵履薄之心，護之愛之唯恐不及。

身形傴曲的郭橐駝以「順性自然」的道理栽種出筆直的樹木，清人蔡鑄評論柳宗元此文說：「牧民當順民性，亦猶種樹不可拂其性也。」順民性就是知曉民意之所趨，民之所欲，心嚮往之！郭橐駝的種樹之術何嘗不是養人之道、治國之方。柳文乍讀之下好似遊戲小品文，細細咀嚼卻是一篇寓含規諷的治國大文章，涉筆成趣，鍼砭時事，千年後覽讀之，仍然具有時代意義。

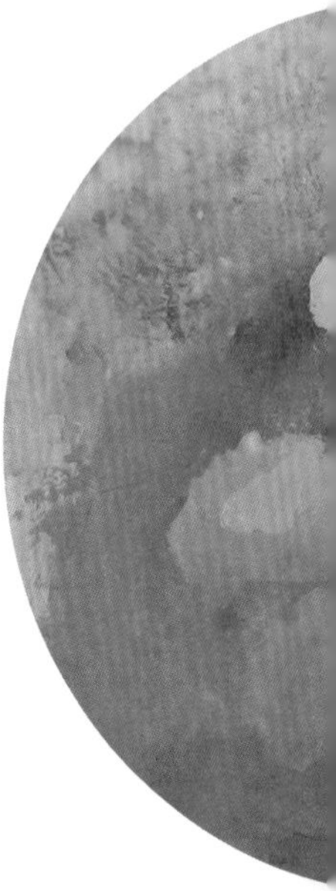

廁中鼠與倉中鼠

廁中鼠固然猥瑣，
倉中鼠卻利欲熏心忘了安危，
盛極必衰，
物欲太盛，
離毀滅就不遠了。

秦國宰相李斯，本是楚國上蔡人，未顯達時做一名小小的縣吏。一日如廁，撞見廁所中的老鼠正在吃食骯髒的穢物。老鼠一看到人，驚嚇地四處逃竄，趕快匿身於洞穴。又一日，李斯進入吏所的穀倉，驗收百姓的繳糧，巧見一隻肥碩的老鼠大搖大擺地進出穀粒之中，正在大塊朵頤享受美食，看到人影一點也不惶恐。李斯感喟不已：「人之賢不肖，譬如鼠矣，在所自處耳！」意思是說人的賢能不肖與否，沒有絕對的標準，譬如同樣是老鼠，廁中鼠食不潔之物，時刻要擔心人類的捕殺；倉中鼠則天天吃屯積的米粟，卻沒有被殺害的疑慮。人生的境遇，只在於環境的順逆罷了。少年的李斯從此立下不甘坐守廁中鼠卑賤窮困的志向，汲汲於權勢富貴的營取。

他跟隨荀子學習帝王之術，學成之後，他審時度勢，認為秦國富兵強能夠完成霸業，決定西行入秦。臨去向老師辭別：「詬莫大於卑賤，而悲莫甚於窮困。久處卑賤之位，困苦之地，非世而惡利，自託於無為，此非士之情也。」他認為身分卑賤是最大的恥辱，窮困是人生最深刻的悲哀。為了擺脫廁中鼠的窘厄境遇，有朝一日能夠自處於倉中鼠的騰達地位，李斯不擇手段努力攫奪，最後雖然位極人臣，但是把自己及家人推向毀滅的淵藪，老鼠終究躲不過主人的撲殺。

李斯初入秦，投靠於秦相呂不韋幃幕，得到呂不韋的賞識，擢為郎官。李斯因此得以親近秦王，趁機遊說秦王殲滅六國諸侯，成就天下一統帝業。秦王拜李斯為長吏，採用其計謀，離間六國君臣。秦國的統一六國，李斯扮演了一定的歷史角色。為了鞏固秦王對自己的信任重用，李斯不惜陷害自己的同門韓非，冤死於獄中。秦王政十年（公元前二三七年），發生鄭國間諜潛伏秦境的事件，秦國上下建議下逐客令，作為楚國客卿的李斯也在驅逐之列。他於是

寫下洋洋灑灑的〈諫逐客書〉一文，列舉秦四賢君因為重用客卿而強盛富國的事例，強調帝王有容乃大，逐客則為資敵，不利於秦。全篇比喻精采，文氣酣暢，是極盡文采之美的歷史名章。李斯也因此為自己謀得丞相高位，他建議始皇帝廢除封建，行郡縣之制，不立秦國子弟為王、功臣為諸侯，以使後代沒有戰攻的憂患。為了控制天下人心，他慫恿秦始皇禁《詩》、《書》百家著作，只留下醫藥、卜筮、種樹之書，引發史上有名的焚書之事。秦始皇三十七年（二一〇年），始皇病逝於巡行途中，李斯為了保全權位於不墜，昏昧於趙高的威迫利誘，聯手下了偽詔，賜死太子扶蘇，逼死秦國大將蒙恬，立胡亥為秦二世，荒誕暴虐，國政旁落閹宦趙高手中，戮殺宗室元老，李斯最後落得腰斬咸陽、誅夷三族的悲慘下場。

李斯一生用盡心機要做倉中鼠，偏頗的價值觀使自己及家族喪身失命，並且使秦國淪亡。清人龔自珍說士大夫常誡「為稻粱謀」。人生在世，為了糊口生存，固然要謀稻粱之資，但凡事不能均以利欲為目標，只為稻粱謀，李斯曾引其師荀卿之言：「物禁太盛」，盛極必衰，離毀滅就不遠了。

時然後言

我們是否恰如其分說了該說的話？
還是群居終日，
言不及義？
實在有必要檢視自己的「話本」。

孔子在《論語・季氏篇》中，揭櫫說話的注意事項：「侍於君子有三愆：言未及之而言，謂之躁；言及之而不言，謂之隱；未見顏色而言，謂之瞽。」意思是說侍奉正人君子容易犯三種語言上的過失：不應當說話的時候，卻搶著發言，叫做急躁；應該說話的時候，偏偏溫吞木訥不說話，叫做隱瞞；不懂得察言觀色，輕率胡言，叫做睜著眼睛說瞎話。因此在適當的時空，說出得體的語言，發出熙怡的音聲，須有智慧的訓練。《論語・憲政篇》孔子向公明賈請教衛國大夫公孫拔的言行，公明賈回答：「夫子時然後言，人不厭其言；樂然

後笑，人不厭其笑；義然後取，人不厭其取。」說明公孫大夫為人真誠，不取不義，該說話的時候，當仁不讓表達自己的意見，知道審時度勢，因此人們不討厭他說的話。「時然後言」，掌握恰當的時機，表達剴切的見解，是高度的語言藝術。

《太平御覽》記載子禽問墨子：「多言有益乎？」墨子曰：「蝦蟆、蛙、蠅，日夜恆鳴，口乾舌擗，然而不聽。今觀晨雞，時夜而鳴，天下振動。多言何益？唯其言之時也。」癩蛤蟆、青蛙日夜聒噪，蒼蠅整天哼個不停，縱然鳴叫到口乾舌燥，疲憊不堪，也沒有人去理睬。不如「雞鳴不已於風雨」，司晨的公雞每天黎明破曉時，便按時間啼叫，天地都為之振奮，人們則隨之聞雞起舞，開啟一日的生活步調。像蟆蛙一樣多言有何好處，話不在多，多言必失，在於適時發聲。

佛教身口意三業中，有關口業就有妄語、兩舌、惡口、綺語四種之多，占了十惡業的五分之二，因為口最容易惹事端，病從口入，禍從口出。許多不當的話不經心的從口中滑出，造成人我是非的困擾。四種口業之中的不妄語戒，意指本來子虛烏有的事情，卻繪聲繪影的造謠，把虛假的說成真實的是妄語；

反之，真實的事情隱忍不説也是妄語。簡言之，不該説而説，固然是妄語，該説而不説的也是妄語。從此點來看，佛教並不認同鄉愿的模稜態度。

莊子曾提出説話應對有三種技巧：寓言、重言、卮言。寓言指言在此而寄意於彼，例如他人對兒子的稱讚，比親生父親的讚美更能取信於人。重言就是引用大眾所敬重的言論，例如諸聖賢人的懿言佳辭，相當於佛教的聖言量。卮本來是一種酒器，裝滿了酒便傾倒，空蕩時便仰立，隨物而變化不執著。卮言就是隨順人、物、時、空的不同而作種種差別的立論，不偏執自己成見，表現一種謙沖、從容、圓融的修養。

常人每天都在喋喋不休的説話，不管用語言、手勢，或符號，但是我們是否恰如其分説了該説的話？還是群居終日，言不及義？實在有必要檢視自己的「話本」。

名實相符

真小人固然讓人可厭，
偽君子更令人可憎。
心行一致、
表裏真實是做人基本的中道修行。

《列子》一書中有一則有關放生的故事：邯鄲附近的老百姓知道趙王喜歡放生，因此便捕捉了大量的斑鳩，並且特地選擇於一年之始的元旦呈獻給趙簡子。趙簡子十分高興，重金賞賜獻鳩的人，以彰顯自己的悲憫胸懷。有一位食客納悶異常地問他：「您為什麼選在正月初一放生？」趙簡子洋洋自得地回答：「正月初一象徵大地春回、一元復始的良辰吉日，上天有好生之德，選擇這一天舉行盛大的放生儀式，可以大大顯示國君對體恤生靈百姓的慈愛恩惠。」食客咄咄反駁：「百姓們知道大王喜歡放生，競相捕捉鳩鳥來迎合您的

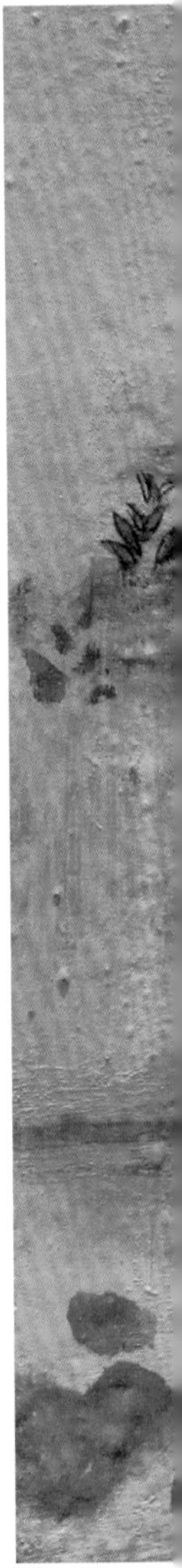

嗜好，一捉一放之間，死掉的鳥兒更多。大王如果希望鳥兒們活得好好地，不如禁止百姓設網捕獵空中的飛禽。反其道而行，陷鳥兒於網罟之中，再刻意加以放生，譬如畫蛇添足，施放的恩德不但無法彌補所犯下的過錯，不當的放生反而是一種殺生的行為。」趙簡子聽了，下令全國從此不再舉行放生。

中國佛教史上第一位設立放生池的人是天台智顗大師，放生本來是一件體愛眾生的慈悲善舉，但是經過不肖人士功利化的操縱，不但成為斂聚財富的手段，並且間接殺害更多的動物，破壞了生態平衡，違背大乘佛教眾生與我同體共生的大悲精神。早在先秦時代就已經有放生的活動，中國人愛好放生其來有自，直至今日這種風氣還方興未艾，到處可見放生會的成立，藉此致富揚名者比比皆是。但是只有大慈大悲而沒有般若智慧，放生充其量只是愚昧之行。與其捉而又放的放生，不如平日對動物存有愛護之心，平等尊重一切生命，護生更重於放生。

佛教主張凡事要講求中道，名過其實固然不好，譬如趙王藉放生來標榜自己的慈愍恩澤，難免有盜名欺世之嫌。反之，過度的謙遜隱退，也會造成名實不符，蒙蔽了真相，於事有損。戰國名家代表作《尹文子》描述齊國有一位黃公為人講究謙虛，甚至到了不顧實際、自我貶抑的程度。他生有兩個清麗佼美的女兒，但是他卻經常謙卑地詆毀自己的女兒容貌醜陋，使得待字閨中的淑女始終沒有君子來追求。衛國有位老大不小的鰥夫，不怕眾議冒冒然娶了大女兒，娶進門一看，卻是位國色天香的美人。女婿於是到處宣揚：「我的老丈人太謙沖了，故意貶低自己的女兒。我的妻子如此貌美，她的妹妹想必也是位清秀佳人。」於是國中的人競相去求婚，果然窈窕美麗的妹妹不久就完成美滿的婚配。

明明是美人卻說成醜陋，黃公違名而得實的矯情作法，差點耽誤了女兒的終身姻緣。不管名過其實，或者實過其名，都是一種沽名釣譽的虛榮心理。機關算盡、技倆人盡皆知的真小人固然讓人可厭，表面假道學、善於道德包裝的偽君子更令人可憎。心行一致、表裏真實是做人基本的中道修行。

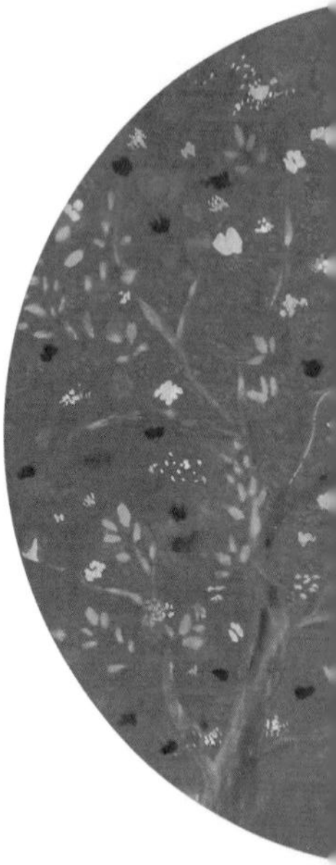

因為無常，
人世的困頓終將撥雲見日。
能夠徹悟「無常」之理，
正是所以通向
「恆常」之道的助緣與途徑。

無常是常

後漢鄭玄解釋《易經》時，認為「易」有三義：簡單、變易、不易。從後二義來看，世間永恆不變的道理就是不斷地變化，變即不變，不變即變。佛教的基本教理「三法印」之一：諸行無常，說的就是世間沒有永遠不變的東西，無常是常理。

何以證明諸行無常，變是一種常軌？我們生存的器世間，有成住壞空的現象，月圓月虧，花開花謝，眼看他高樓從地起，眼看他夷為平地。再看有情世間的人類，則有生老病死的循環，有生必有死，有生必有滅，生死無常成為中國文學中經常出現的莊嚴主題。孔子觀於川流，而有「逝者如斯夫，不舍晝夜」，光陰流逝不再的慨惜。曹操：「對酒當歌，人生幾何？譬如朝露，去日苦多。」（〈短歌行〉）曹丕：「人生如寄，多憂何為？今我不樂，歲月如馳。」（〈善哉行〉）陸機：「人壽幾何？逝如朝霜，時無重至，華不再陽。」（〈短歌行〉）都是對倏忽若寄的人生的喟嘆，把生命譬喻作晨霜、朝露，短暫無常，不可把捉。《古詩十九首》的基本情調在反映人生苦短，好景不常駐的心理。〈今日良宴會〉：「人生寄一世，奄忽若飆塵。」〈迴車駕言邁〉：「所遇無故物，焉得不速老？」「人生非金石，豈能長壽考？」〈驅車上東門〉：「浩浩陰陽移，年命如朝露。人生忽如寄，壽無金石固。」〈生年不滿百〉：「生年不滿百，常懷千歲憂。晝短苦夜長，何不秉燭遊。」金石終將化為灰燼，何況危脆的身軀。《古詩十九首》所吐露的是魏晉六朝社會動盪不安、生命瞬間殞滅的時代悲音。

佛教認為我們的心識生住異滅，天台哲學說「一念三千」，《金剛經》則說「三心了不可得」，過去心已經消逝，未來心尚不可把握，現在心則剎那生滅，因此，心念也是無常。如果世間一切都是無常，那麼人生奮鬥的意義何在？無常如此地令人沮喪，怎麼是真理之一呢？既然一切現象都是無常變化，美好變成壞敗是無常，壞空轉成成住也是無常；盛極必衰是無常，否極泰來也是無常。因為無常，細胞會新陳代謝，疾病可以痊癒；因為無常，「長江後浪推前浪，世上新人換舊人」，世代交替，社會人力清新，生生不息；因為無常，「公道世間唯白髮，貴人頭上不曾饒」（杜牧〈送隱者一絕〉），警惕世人生起勇猛精進心，珍惜寸陰，經營生命，不可任意揮霍青春。因為無常，人世的困頓終將撥雲見日，「進退盈縮，與時變化」（《史記．蔡澤傳》）。陶淵明〈飲酒〉詩說：「寒暑有代謝，人道每如茲。達人解其會，逝將不復疑。」世道和自然一樣，有代謝、榮衰的無常變化，若能察時順機，便不再迷惑於俗。陶詩〈神釋〉：「縱浪大化中，不喜亦不懼。應盡便須盡，無復獨多慮。」體證無常的虛妄性，超越死生禍福，不悅生、不惡死，融合於大化流行之中，與自然合為一體，開創永恆不滅的生命。因此，能夠徹悟「無常」之理，正是所以通向「恆常」之道的助緣與途徑。

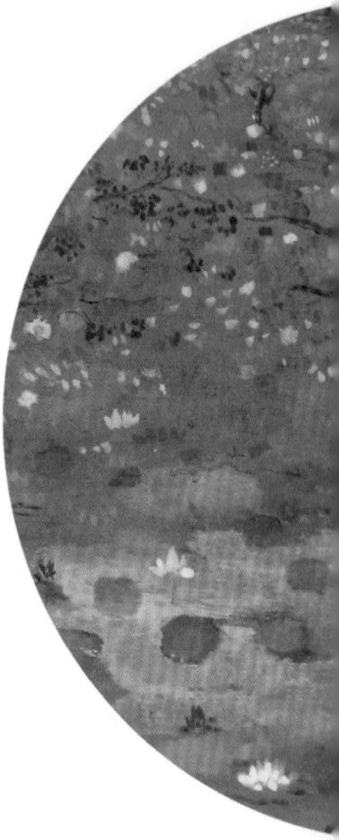

鐘聲裏的禪趣

生活在動盪的塵囂，
有時不妨放下身邊的俗事，
走入山寺，
去聆聽那千古如一的梵鐘，
感悟一點禪趣。

自從唐詩人張繼〈楓橋夜泊〉：「月落烏啼霜滿天，江楓漁火對愁眠。姑蘇城外寒山寺，夜半鐘聲到客船。」那一記鐘聲打破千古寂寥之後，鐘磬聲遂成為寺院的象徵，中國詩詞中提及鐘的作品不在少數，梵寺叢林的鐘磬聲是詩人們熟悉的清音。

鐘，本來是佛寺重要的法器之一，又稱之為龍天眼目。《禪林象器箋》卷十八：「禪剎鐘有三，大鐘、殿鐘、堂鐘也。大鐘者，號令闔山諸堂者。」禪門每日早晚皆需擊鼓撞鐘，稱之「晨鐘暮鼓」，朝以撞鐘始，接以出堂鼓；暮則先擊鼓，要敲打得綿綿密密，象徵風調雨順，然後止靜於鐘聲中，稱之開大靜。陸游〈短歌行〉：「百年鼎鼎世共悲，晨鐘暮鼓無休時。」《敕修清規．法器章》：「大鐘，叢林號令資始也。曉擊則破長夜，警睡眠；暮擊則覺昏衢，疏冥昧。」擊鐘取振聾發聵、精進省覺之意。敲打時有一定規矩，引杵要舒緩，揚聲要悠長，共一〇八聲，取喻破除百八隨眠煩惱。鳴鐘時，行者還須觀想，念偈云：

願此鐘聲超法界，鐵圍幽暗悉皆聞。
聞塵清淨證圓通，一切眾生成正覺。

鐘聲是救度眾生出離鐵圍地獄、成等正覺的「如來信鼓」。明．凌雲翰〈雪湖八景次瞿宗吉韻．南屏雪鐘〉：「一百八聲纔擊罷，雷峰又點塔中燈。」佛寺以鐘聲為始，展開叢林的一朝風月，也以鐘聲為結束，完成一日的修行。

王維〈過香積寺〉：「不知香積寺，數里入雲峰。古木無人逕，深山何

處鐘。」劉長卿〈送靈澈上人〉：「蒼蒼竹林寺，杳杳鐘聲晚。」悠渺的鐘聲響自深山脩林，引發文人心靈深處的共鳴。孟浩然〈夜歸鹿門山歌〉：「山寺鳴鐘晝已昏，漁梁渡頭爭渡喧。」從漁梁渡口人們搶渡歸家的喧鬧吵雜，襯托出寺院的寧靜祥和。常建〈題破山寺後禪院〉：「清晨入古寺，初日照高林。竹逕通幽處，禪房花木深。山光悅鳥性，潭影空人心。萬籟此都寂，但餘鐘磬音。」曲徑通幽處，古剎掩映在花木叢裏，僧人早課的梵唱鐘磬聲，更顯出萬籟寂然，把人引進空靈清淨的禪悅境界。白居易〈寄韜光禪師〉：「前臺花發後臺見，上界鐘聲下界聞。」巧妙描寫鐘聲清揚於上下兩座天竺寺之間。陸游則將鐘聲譬喻作太華峰上通悟禪師的獅子吼：「舉頭仰望太華峰，攝衣欲往路無從。忽然夢斷難再逢，空記說法聲如鐘。」宋人古成之進而把鐘聲視為超脫紅塵名韁利鎖，清心淨慮的警策妙音：「紅塵一下拘名利，不聽山間午夜鐘。」（〈憶羅浮〉）杜甫〈遊龍門奉先寺〉：「欲覺聞晨鐘，令人發深省。」宋．沈瀛〈卜算子〉：「睡覺五更鐘，正好深提省。只看如今夢幾般，覺後原無影。明暗若從來，且道來從甚。不是空生不是根，認取真如性。」鐘聲讓人醒寤提省，從中證悟自家真如本性。皎然〈聞鐘〉：「古寺寒山上，遠鐘揚好風。聲餘月樹動，響盡霜天空。永夜一禪子，泠然心境中。」太虛大師當年閉關於普陀山，夜聞暮鐘止靜，證入禪定，出定時只覺晨鐘泠然響於耳畔，一夕彷彿剎那，坐斷時空。

生活在動盪的塵囂，有時不妨放下身邊的俗事，走入山寺，去聆聽那千古如一的梵鐘，感悟一點禪趣。

隱逸

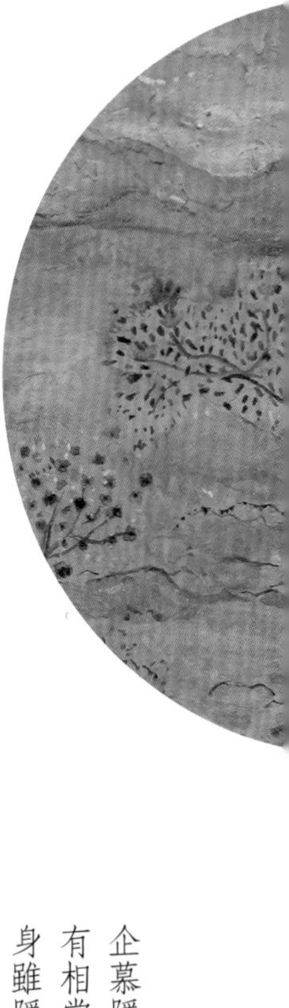

企慕隱逸和真正肥遯林皋，有相當大的差距。身雖隱居，寄情於田園山水之間，但是心繫時局世態，並不是完全遺世。

中國傳統知識分子的出路有二：或出仕或隱逸。《論語・衛靈公》：「邦有道則仕，邦無道則可卷而懷之。」隱逸文化在中國由來已久，而以先秦和魏晉為中國隱士最為活躍的時期。自春秋、戰國始便出現不少高人逸士，例如：帝堯時的許由、巢父，孔子時代的長沮、桀溺、楚狂接輿，秦漢時期的仲長統、王符，魏晉六朝的嵇康、陶淵明，唐宋的孟浩然、皮日休等人，都是史上赫赫有名的處士，而阮籍、李白、白居易、蘇軾等，則是求隱不得的羨隱者。

中國士人為何如此嚮往隱逸？隱逸的思想基礎又是什麼？歷代正史除了

《三國志》、《陳書》等少數史書之外，幾乎均有隱逸傳。《周易》則說：「肥遯，無不利。」肥遯，就是隱逸，可以脫離憂患，免除羅網之害。隱逸者是有能力出仕，但是對於現實狀況不滿，卻又無力矯正弊端，陷於出處、仕隱的矛盾煎熬，乃懷著幽憤苦悶，隱居遯逸。「身在江湖之上，心居魏闕之下。」身雖隱居，寄情於田園山水之間，但是心繫時局世態，因此隱士並不是完全遺世。

《晉書．郗超傳》：「性好聞人棲遁，有能辭榮拂衣者，超為之起屋宇，作器服，畜僕豎，費百金而不吝。」桓溫及其謀士郗超最好送反對派去充當隱士，隱逸遂成了掌權者鞏固權力，消融政敵，獲取崇隱、尊隱美名的一種手段。史稱謝安有東山之志，嚴陵則愈隱遁聲譽愈隆，隱逸一變成了沽名釣譽的終南捷徑。

企慕隱逸和真正肥遯林皋，尚有相當大的差距，隱逸的現實生活既有經濟來源的匱乏之虞，更有精神層面的寂寞難遣，非富貴豪侈的門閥子弟所能忍受。為了調和仕隱的矛盾，朝隱於是產生。標舉隱逸不一定在深山幽谷，居宮廟朝堂，以宦為隱，以仕代耕，也是一種隱逸。王康琚〈反招隱〉詩：「小

隱隱陵藪，大隱隱朝市。」認為隱逸只要心神超然無累，不以俗務攖心，雖身居廟堂之上，也無異於棲跡山林。王維晚年「退朝之後，焚香獨坐，以禪誦為事」，實際過著半隱半仕的生活。相對於六朝士人對朝隱的熱切希企，鍾嶸《詩品》稱陶潛：「古今隱逸詩人之宗也。」真隱者、全隱者，唯陶一人。

陶淵明自稱「性本愛丘山」，心憚遠役，雖然為饑所驅，數度出仕，但是為了不願違己，寧可「息駕歸閑居」、「逃祿而歸耕」。選擇耕隱的陶潛，雖然「晨興理荒穢，帶月荷鋤歸」，仍然瀕臨「夏日長抱饑，寒夜無被眠；造夕思雞鳴，及晨願烏遷」，幾至餓死邊緣的清貧境況。他所堅持的信念是「先師有明訓，憂道不憂貧」的固窮之節。陶淵明是真正走出書齋，躬耕田藪，把隱逸思想的意義發揮到極致的大詩人。

固窮

君子只是固守本業，不以窮厄、亨通為意，可以安於貧，不能失之窮。

《尚書．洪範篇》說人生有五福：壽、富、康寧、攸好德、考終命；六極：凶短折、疾、憂、貧、惡、弱。其中，所謂的「貧」，孔穎達解釋為「困之於財」。《論語．衛靈公》說孔子周遊列國，絕糧於陳國，隨行的弟子沮喪不已，子路憤而問道：「君子亦有窮乎？」孔子回答：「君子固窮，小人窮斯濫矣。」意思是說君子固然也會遭逢困厄的時運，但是能「固守其窮」，當行而行，無所顧慮，甚至處困而亨，無所怨悔，不若小人「窮則放溢為非」，窮到難忍，平生操履不覺漸漸鬆動，至於淪落。

貧與窮有何差別？顏回以「一簞食，一瓢飲，在陋巷。人不堪其憂，回也不改其樂」的風範，樹立了千古「憂道不憂貧」的君子形象；阮籍身處魏晉亂世，諸多名士遭罹殺戮之禍，《晉書．阮籍傳》說他：「時率意獨駕，不由徑路，車跡所窮，輒慟哭而返。」他在《詠懷》詩中抒發鬱悶說：「楊朱泣歧路，墨子悲染絲。」阮嗣宗的悲慟，是一種進退失據、刺時憂生的窮途之哭。

宋末名將文天祥，「性豪華，平生自奉甚厚」，豢養眾多聲妓，笙歌不斷。等到國事蜩螗，一改奢靡習性，盡獻家貲為軍費。抗元兵敗被俘，元世祖欲招降重用，作〈過零丁洋〉詩：「人生自古誰無死，留取丹心照汗青」表志，從容臨刑，衣帶留字：

孔曰成仁，孟曰取義，惟其義盡，所以仁至。讀聖賢書，所學何事？而今而後，庶幾無媿。（《宋史》本傳）

文天祥所展現的是「時窮節乃現」的強韌生命。

陶淵明詩文中多次提到貧困，並且有七首專詠貧士的詩篇，這些貧士雖然困於財，但是志不撓，氣不屈，甚而安於貧，樂於道，陶淵明引以為知己。例

和合二聖
寒山
拾得

如《韓詩外傳》裏的原憲「振襟則肘見，納履則踵決」，子貢笑他：「先生何病也！」原憲灑然笑說：「憲貧也，非病也。」《列女傳》的黔婁賢妻，描繪自己的丈夫說：

甘天下之淡味，安天下之卑位，
不戚戚於貧賤，不忻忻於富貴。

陶淵明讚歎這些高士說：「豈不實辛苦？所懼非饑寒。貧富常交戰，道勝無戚顏。」對君子來說，物質的匱乏不足為懼，生逢窮途末世，違背自己的理念而汲汲求田問舍，才是人生大患。〈歸去來辭〉：「饑凍雖切，違己交病。」饑餒凍寒雖然是攸關生死存亡的痛苦，但是扭曲自己的心靈而苟活於世，則更為不堪。「寧固窮以濟意，不委曲而累己。」（〈感士不遇賦〉）縱然飽經饑寒，也要「竟抱固窮節」。《莊子．讓王篇》：「古之得道者，窮亦樂，通亦樂，所樂非窮通也。」君子只是固守本業，不以窮厄、亨通為意，可以安於貧，不能失之窮。

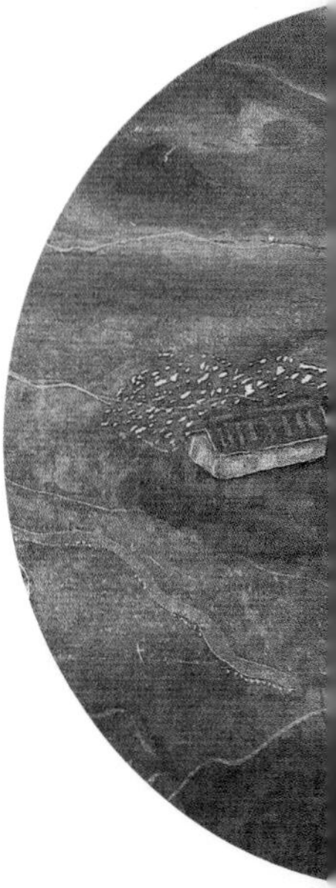

半山老人

在波譎雲詭的政治驚濤中，翻騰一生的王安石，終於在佛法的彼岸，找到了停泊的津渡。

北宋大文學家、大政治家、大思想家王安石，字介甫，二次拜相，和宋神宗攜手致力於變法，推行新政，但是迭遭挫阻，最後以失敗收場，隱逸鍾山，直至去世，享年六十六歲。晚年依歸佛法，甚至捨宅為寺，茹素持名，注解佛教經典，潛心於教理探究。

熙寧九年（一〇七六年），王安石五十六歲，長子王雱病死，年僅三十三。心灰意懶的王介甫堅決請辭相位，神宗皇帝只好應允，他回到金陵度過最後的十年歲月。他在住所白塘建築一座庭園，此地處於江寧府城東門和鍾

山的半道，因此命名為「半山園」，詩人自稱為「半山居士」，後世稱他為「半山老人」。

元豐六年（一〇八三年），王安石病了一場，直至次年春才痊癒，感生命之無常，他上疏神宗：「臣榮祿既不及於養親，雱又不幸嗣息未立，奄先朝露。」決定將自己的田產捐給蔣山（鍾山）太平興國寺，所收糧食歲課作為父母及兒子的佛事功德；並且捨半山園為寺院，乞求神宗賜名為「報寧禪寺」，一家人則搬到江寧府城內，在秦淮河畔租賃一間小院，過著平靜、恬淡的生活。王安石有〈題半山壁〉二首：

我行天即雨，我止雨還住。
雨豈為我行，邂逅與相遇。
寒時暖處坐，熱時涼處行。
眾生不異佛，佛即是眾生。

王安石雖曾為宰相，權傾一時，神宗視為師友，君臣意誠相得，史上罕見。但是歸隱蔣山時，平日出門只騎一驢，未嘗乘馬與肩輿（大車轎），居住房子僅遮風雨，不設百仞高牆。王安石深諳《華嚴經》「心佛眾生，三無差別」的平等教義，從高高的殿堂走下，返璞歸真與百姓一同呼吸。

投老山林的王安石片刻也沒閑蕩，他曾注解《金剛經》、《維摩經》、《楞嚴經》，〈讀維摩經有感〉詩說：「身如泡沫亦如風，刀割香塗共一空。宴坐世間觀此理，維摩雖病有神通。」〈方便品〉中維摩詰以病為因緣，展開一場不二法門的睿智對話，色身雖然如泡沫風響般無常幻化，但是透過暫時假有的色身，才能修證清淨解脫的法身。逃離世間的痛苦淬鍊，沒有出世間的菩提可得，儒家的孟子說：「生於憂患，而死於安樂」，庶幾近乎此意。

王安石的長女嫁給吳安持，封為蓬萊君，因為想念父母，有詩：「西風不入小窗紗，秋氣應憐我憶家。極目江南千里恨，依前和淚看黃花。」面對如此善體人意的女兒，王安石次韻二首詩：

孫陵西曲岸烏紗，知汝凄涼正憶家。
人世豈能無聚散，亦逢佳節且吹花。

秋燈一點映籠紗，好讀楞嚴莫念家。
能了諸緣如夢事，世間唯有妙蓮花。

每逢佳節倍思親，重陽吹花節慶，對著菊花，吳氏女懷念起遠在江南年邁力衰的父母，王安石卻要女兒體會《楞嚴經》「不取無非幻，非幻尚不生。幻法云何立？是名妙蓮華。」世間因緣如夢幻，不可把捉，親情亦然，唯有佛法如妙蓮花，常住不滅。白居易詩說：「人間此病治無藥，唯有楞伽四卷經。」在波譎雲詭的政治驚濤中翻騰一生的王安石，終於在佛法的彼岸找到了停泊的津渡。

《世說》中的僧人形象

《世說新語》作為了解魏晉佛學的著作，是一本值得玩味再三的典籍。

《世說新語》是魏晉時代志人小說的名著，作者為南朝宋臨川王劉義慶，並有劉孝標作注，注文和正文相得益彰，引用典籍達四百多種，今日大多已經佚失，透過劉孝標的注文，可以看到六朝當時有關的史書、地誌、家傳、譜牒等珍貴典籍。全書共分三十六篇、一一三〇則，記載從東漢末年直到劉宋近三百年的遺聞逸事、社會風貌、人物形象，是了解魏晉風度、玄學思想不可或缺的文獻，可補正史之闕，尤其本書保留魏晉當世口語，提供研究中古漢語變遷史第一手材料。建安七子、竹林七賢是其中的熱門人物，佛教名僧如支道林、佛圖澄、廬山慧遠等人，也經常出現其間，茲舉一二佛門掌故。

東晉征西大將軍、成帝母舅的庾亮一日到佛寺參拜，大殿中供奉著右脇而臥的丈六臥佛，隨從甚為納悶，佛像為何作躺臥姿勢？庾亮回答：「釋迦牟尼佛因為五十年間擺渡恆河，點化迷津，身體疲累，今日因此側身躺臥，寂滅養息。」大家對於庾亮的解釋稱奇讚歎，一時引為名言。

竺法深法師為簡文帝的座上貴客，晉明帝婿、謝安妻舅的劉惔故意質難：「你一個出家人，應該隱居在山林中潛修六根，怎麼身涉紅塵交往權貴，遊於宮闕朱門，不忘俗世呢？」竺法深合掌胸前，淡淡地說：「皇族國戚在你看來是富貴之家，在貧僧眼中卻如蓬門窮戶一樣。心中沒有貧富、貴賤的差別，才能享受人生真正的大富大貴。」這就是所謂「居官無官官之事，處事無事事之心」不著不滯的空無智慧。

東晉高僧支遁，又名支道林，本姓關，河內林慮人（今河南林縣），曾隱居於支硎山，世稱為支公、林公，少而任心獨往，風期高亮，二十五歲出家。兩晉時大乘中觀佛學初傳中國，對於《般若經》的不同詮釋，形成所謂的六家七宗，主要可概括為「本無宗」、「即色宗」、「心無宗」三宗，六家七宗以老莊的「無」來解釋般若的「空」，是玄學化的般若學，史上稱為格義佛教，其中「即色宗」的代表為支道林。支道林曾在白馬寺和太常馮懷談論《莊子・逍遙遊》，認為「至人之心」才能逍遙，無待的聖人才能「物物而不物於物」，隨順變化，無所不適，提出向秀、郭象所未見的議論，時人稱為解莊第一。

玄言詩人孫綽推薦支道林給王羲之，王羲之仗恃儁邁之氣，輕視支道林。一日，孫、支二人共乘一輛車輿到王羲之家，王總是設定界限，不肯與支道林交談。支道林遂與王羲之暢言莊子逍遙義，才藻新奇，花爛映發，洋洋灑灑達數千言，王羲之驚歎感佩，於是敞開胸襟，直陳己見，二人談論終日，留連不能捨離。

晉康帝皇后的父親褚季野和名士孫盛對談南北人的才性學問，褚季野說：「北人學問淵綜廣博。」孫盛則認為：「南人學問清通簡要。」支道林聽了，綜合二家看法說：「聖賢之人不分南北，能夠心領神會，得意忘言，不受語言拘泥；中等稟賦以下者，北方人讀書，譬如在明亮處賞月，視野雖然開闊，但是心思卻不夠周密；南方人治學就像透過窗牖窺日，目標固然集中，但是眼界不夠寬廣。」支道林一語道破南北文化差異，可謂善知眾生性。《世說新語》作為了解魏晉佛學的著作，是一本值得玩味再三的典籍。

虛雲老和尚

山水詩人謝靈運

在人文覺醒的時代，
出身門閥世家的謝靈運，
以千鈞筆力，
極盡模山範水之能事，
被譽為山水詩的開創始祖。

魏晉南北朝三百多年間，是中國政治史上最黑暗的時代，王朝之間奪權鬥爭激烈，賢人名士慘遭殺戮；孔融、楊修、陸機陸雲二兄弟、嵇康等人，都成為政治傾軋之下的犧牲品。黑暗的邊緣總是伴隨希望的曙光，魏晉六朝如同魯迅、宗白華所言，是人性自覺、人文覺醒的時代，不論文學、藝術、思想、佛學、美學理論，都有令人驚喜的成就。詩從《詩經》的四言一變而為五言詩，內容則有玄言詩、遊仙詩、遊宴詩、隱逸詩、田園詩、山水詩等種種的不同。

自然，一直是詩人們樂於描繪的題材，東晉詩人陶淵明不為五斗米折腰，甘冒凍餒之虞，歸隱潯陽，耕作於田畝之間，繁華落盡見真淳，寫下自然平淡的田園詩篇。相對於陶潛的田園詩，出身門閥世家的謝靈運則以千鈞筆力，極盡模山範水之能事，是中國詩史上第一位自覺地以山水為主要審美主體的詩人，創作大量的山水詩。南朝宋詩人鮑照評論他的山水詩說：「謝五言如初發芙蓉，自然可愛」，被譽為山水詩的開創始祖。

謝靈運的九世孫、唐僧皎然在他的《詩式》中說：「康樂公早歲能文，性穎神澈。及通內典，心地更精，故所作詩，發皆造極。得非空王之道助耶？」謝靈運承襲其祖父謝玄的爵位，被封為康樂公，史稱為謝康樂。他和佛教的淵源深厚，他精通梵漢，曾經和慧嚴、慧觀共同將四十九卷本的北本《涅槃經》、六卷本的《泥洹經》，改譯成三十六卷本的南本《涅槃經》。為了翻譯音訓的方便，他特別著作《十四音訓》一書，條列梵漢，使文字有所依據，可惜本書已佚失，只殘留一篇敍文。他著作〈辨宗論〉，宣揚竺道生的大頓悟思想，主張眾生本有佛性，可以頓斷一切妄惑，頓悟成佛，成佛不必歷經階位。謝靈運在論中說：「今去釋氏之漸悟，而取其能至；去孔氏之殆庶，而取其一極。一極異漸悟，能至非殆庶。」企圖折衷儒釋二家學說，成佛希聖非漸悟積

學所能成就，強調「理不可分義」，若能返本自心，便能見性成佛。

除了譯經著論之外，謝康樂和僧人時有往來。義熙八年（四一二年）慧遠大師在廬山立臺畫佛像，自刻〈萬佛影銘〉於石，敍述本事，並遣弟子往建康邀請謝客撰〈佛影銘〉。慧遠大師圓寂時，謝靈運親自撰寫〈廬山慧遠法師誄〉，自述：「予志學之年，希門人之末。」「自昔聞風，志願歸依。山川路邈，心往形違。始終銜恨，宿緣輕微。」未能成為慧遠大師的入門歸依弟子，謝靈運抱著深深地遺憾以終。另外，他曾和曇隆、法流等僧人攜手同遊嶀嵊等名山大川，並且為曇隆法師寫誄文。在〈和從弟惠連無量壽頌〉詩中說：「淨土一何妙，來者皆清英。頹年欲安寄，乘化必晨征。」相約往生於西方極樂。其他從〈和范特進祇洹像讚〉、〈維摩詰經中十譬讚八首〉、〈金剛般若經注〉等詩文中，均可看出謝靈運對佛法的嚮往與讚揚。謝靈運是一位佛學造詣深厚的大文學家，更是第一位專業描寫山水之美的山水大詩人。

材與不材

「天生我才必有用」，
超越有用、無用的兩邊，
跳出材與不材的困境，
活出真實的自我，
就是大用的人生。

莊子在〈山木〉篇中對於人生的出處進退，提出了「材與不材」的精闢論點：一日，莊子帶著弟子行走於叢山翠嶺之中，只見林木蓊鬱，一片樹海。其中有一棵老樹枝葉茂密，長得特別的嶔崎，像青山一樣聳峻。說也奇怪，伐木的人卻兀立其旁，瞧也不瞧此樹一眼。莊子好奇地問其故，伐木者回答：「此樹無所用處。」莊子幡然憬悟：「這棵樹因為不成其為木材，而得以終其天年，不被砍伐。」不材使大樹逃過伐斲的厄運，成為千年神木。

莊子師徒二人走出山谷，投宿於朋友之家，主人看到好朋友來訪，殷勤招呼，囑咐兒子烹鵝熱情款待故友。兒子磨刀霍霍向群鵝，惹起一陣驚恐的聒噪聲，童子問老爹：「每隻鵝都養得非常肥碩，雄赳赳，氣昂昂，不過有一隻很特別，卻不會鳴叫，究竟要宰殺哪一隻才好呢？」「就殺那一隻悶不吭聲的呆頭鵝吧！」白鵝因為不材，招來了殺身之禍。

把這些事看在眼裏的弟子納悶地問道：「昨天山中的大樹因為不材，而免去斧斤的砍斫，存活了下來；今天主人的鵝卻因為不材，而慘遭殺戮。為什麼同樣的不材之質，卻有截然不同的境遇呢？夫子你又將如何自處呢？」莊子哂然一笑：「周將處乎材與不材之間。材與不材之間，似之而非也，故未免乎累。」莊子的意思是說要超越材與不材之外，不被俗累所羈絆，才能全身遠禍，保任天真。

〈人間世篇〉裏也有一則闡明無用乃大用哲理的寓言：有一位木匠到齊國去，路經一座廟社，社旁栽種一棵櫟樹，樹蔭如傘蓋可以遮蔽一千頭牛，一百個人手牽著手才能圍住它挺拔的樹身，枝幹粗壯得可以製造幾十艘船筏，觀望的人潮如湧，但是木匠卻瞧也不瞧一眼。隨行的弟子嘖嘖稱奇地說：「自

從跟隨夫子學藝以來，從未見過如此上等的木材，為什麼你正眼不瞧，疾行不輟呢？」「這棵樹虛有其表，一點也不堅實，把它砍下來做成船，會沉覆海底；做成棺槨，容易腐朽；做成家具，質地柔脆，容易毀壞；做成梁柱，容易長蛀蟲；做成門戶，因為吸水性強，潮濕易損敗。它是一棵一無是處的不材之木。」晚上就寢時，櫟樹神進入木匠夢境，振振有詞抗議說：「白天你把我貶得一文不值，說我是棵鬆散無用的樹木。如果我和梨柚等能生長甜美果實的香樹一樣，勢必為世俗人所攀折，自苦一生。無用正是我的大用，因為無用，我才能韜光養晦，不被砍伐，全命延年到今天。」

南宋豪放派詞人辛稼軒〈鷓鴣天〉詞：

不向長安路上行，卻教山寺厭逢迎。味無味處求吾樂，材不材間過此生。

寧作我，豈其卿。人間走遍卻歸耕。一松一竹真朋友，山鳥山花好弟兄。

人不能毫無才學，對家庭、社會、人類沒有絲毫貢獻，但是也不宜鋒芒太露，招人疑嫉，如何在材與不材之間、有用與無用之際，尋找出平衡諧和，需要中道智慧。另外，人生也不必媚於流俗有用的價值觀，無用另有一番更寬廣的天地。「天生我才必有用」，超越有用、無用的兩邊，跳出材與不材的困境，活出真實的自我，就是大用的人生。

凡事不可拘泥於形式，
食古不化，
要能分清楚本末，
守住根本，
圓融通達，
一切便能成辦無礙。

鄭人買鞋

健壯的身體除了要有一個適合人體功能的枕頭之外，更要有一雙如履平地的鞋子。古人說高枕無憂，高枕可能壓迫到頸脊，影響睡眠的品質，「落枕」甚至會對健康產生傷害，高枕並不絕對無憂。萬丈高樓從地起，禪宗主張照顧腳下，養生之道要從雙腿做起。兩條腿每天長時間支撐幾十公斤的體重，行走千里路，負荷之重可想而知，一雙輕軟、舒適、保健的鞋子，是生活中不必吝惜的必需品。腳下學問大，古來有關鞋子的典故也特別多。

《韓非子》有一則發人深省的故事：鄭國有一個人要去買鞋，為了精確起

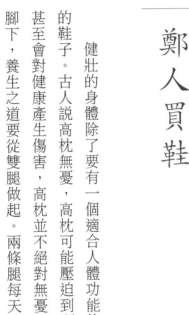

見，他先度量自己雙腳的尺寸，小心翼翼地畫在紙上，出門時卻把鞋樣擱放在座床。到了市集，千挑萬選選中了一雙好鞋，才驀然發現忘記帶鞋樣，急忙奔回家去拿，再滿頭大汗趕回時，市集已經結束了，空忙一場，買不到鞋子。路人好奇地問他：「你買鞋為什麼不當場用自己的腳試穿一下呢？」鄭人理直氣壯地說：「我寧可相信鞋樣的尺寸，也不願相信自己的腳。」

現代人愈來愈不珍視自己本真、本有的寶藏，過於依賴身外之物，好比鄭人取鞋樣，捨己足。但是鞋樣尺寸再精準，終究比不上真正的兩隻腳。《大學》：「物有本末，事有終始，知所先後，則近道矣！」佛在靈山莫遠求，捨本逐末，向外攀求五欲塵勞的結果，往往受役於物，喪失了心靈的自由，見不到真實的自我。譬如習慣生活於現代科技的人，凡事依靠電腦的操作，如果電腦一旦故障當機，人腦只好交給電腦擺佈，一切動彈不得。

俗語說：「路在嘴邊。」過去開車到某地，或者依循地圖指南，或者詢問路人，加上自己的謹慎判斷，無礙地尋找到目的地。現在有了汽車衛星導航的

設備，只要照本宣科跟著東轉西繞，也能如願到達目標，但是有時衛星導航也會狀況百出。舉個實例：某人想去拜訪朋友，機伶的導航設備卻把他帶到山巔懸崖邊，指稱湍急的溪澗是終點；另外有人則按照導航的語音指引，一頭開進幽森的墓場。最後兩人都運用自己的智慧，衝出重圍，找到正確的方向。「何其自性，本自具足」，人腦畢竟比電腦聰明。

看來鞋樣圖案只能作為參考，人生的道路要依靠自己的雙腿，腳踏實地走出去。凡事不可拘泥於形式，食古不化，要能分清楚本末，守住根本，圓融通達，一切便能成辦無礙。

疑與不疑

眼見不一定真實，
心裏揣度不完全可信，
我們的六根
可能會蒙蔽我們的心性，
因為一時偶然的表相，
妄加猜疑、
臆度而謬之千里。

佛教主張眾生的煩惱有八萬四千種之多，可以概括為貪瞋癡慢疑等五種根本煩惱。一般比較強調貪瞋癡三毒的危害性，其實懷疑也是不可忽視的毛病。自古以來因為疑心而敗亡的事例不勝枚舉，《列子》一書中描述一農夫遺失犁鋤而懷疑鄰居所為，於是對方所有的舉止都是偷竊者的行徑，等到農夫找到農具，鄰居在他的眼中處處顯得忠厚純樸，妄念不實迷惑真心。吳王夫差因為中了越國的離間計，懷疑伍子胥的忠誠，逼得一代賢臣憤而自刎，霸業毀於一旦。有人夜晚走暗路，把自己的影子疑為鬼魅，杯弓蛇影，自我驚嚇。夫妻眷屬互相猜疑對方不貞，家庭勢必失去和樂，互信互諒何其重要！

《呂氏春秋》記載：孔子帶著弟子們周遊列國，到了陳國和蔡國之間斷了糧，整整七天寸粒未進。夫子餓得頭腦發昏，只能睡覺來打發饑餓感。迷濛間，依稀看到顏淵討米回來了，燒火炊煮，不多時飯香溢滿一室，喚醒了轆轆饑腸。睜眼一看，卻看到顏淵從飯鍋中猛抓一把飯往口裏送。饑餓讓平時最行禮如儀的顏回也忘失了進退分寸，孔子輕喟一聲，佯裝沒有看到學生的動作。弟子恭恭敬敬把香噴噴的米飯端獻給老師，孔子若無其事地說：「剛才我假寐時夢見了我的父親，你把飯弄乾淨，我想先祭奠他老人家之後才食用。」顏回聽了著急地回答：「不行！適才我煮飯的時候，不小心把煤灰掉到瓦甑之中，把飯弄髒了，我想把飯倒掉又可惜，因此便一把抓出來吃了。讓夫子吃食不淨的米飯已經大不恭敬，怎能再拿來祭奠您的父親呢？」孔子慨然嘆息說：「所信者目也，而目猶不可信；所恃者心也，而心猶不足恃。弟子記之，知人固不易矣。」意思是說眼見不一定真實，心裏揣度不完全可信，我們的六根可能會蒙蔽我們的心性，看不到實相而做了錯誤的判斷，認識一個人要從多方面去了解，不能因為一時偶然的表相，妄加猜疑、臆度而謬之千里。睿智如孔子因為

日月兩輪天地眼
詩書萬卷聖賢心

疑心，對最為賢良的弟子顏淵都不免如此，疑病之可怖畏可見一斑。

《戰國策》描寫秦武王患疾，請神醫扁鵲來診斷治療。扁鵲前腳才走，秦武王左右侍臣就進讒言：「大王的毛病在耳朵前面，眼睛下邊。扁鵲未必能治好您的病，弄不好還可能讓大王耳聾眼瞎。」秦武王把侍臣的顧忌一五一十告訴了扁鵲，扁鵲將預備鍼炙的石針丟在地上憤忿地說：「大王和懂得醫道的人討論治療，又出爾反爾和不諳其道的人破壞計劃。如果以這種猜疑無常的態度去治理秦國，只要有一次重大的因緣舉動，秦國必然自取滅亡。」管理學上的重要理論：在上位的人要用人不疑，疑人不用，如此才能上下交相誠信，有志一同。

做學問要不疑處當疑，學習找出問題所在，名之為「學問」。譬如瓦特看到煮開水而發明蒸汽機，牛頓被蘋果打中頭而發現地心引力的道理。做人處世則當疑處不疑，疑則人人為寇讎，寸步難行；不疑則個個如親人，天天都是好日子。如禪宗的提起疑情，小疑小悟，大疑大悟，不疑不悟，則是對生命徹底的覺迷啟悟。人生要當疑處疑，不必疑處不起迷疑。

胡子無鬚

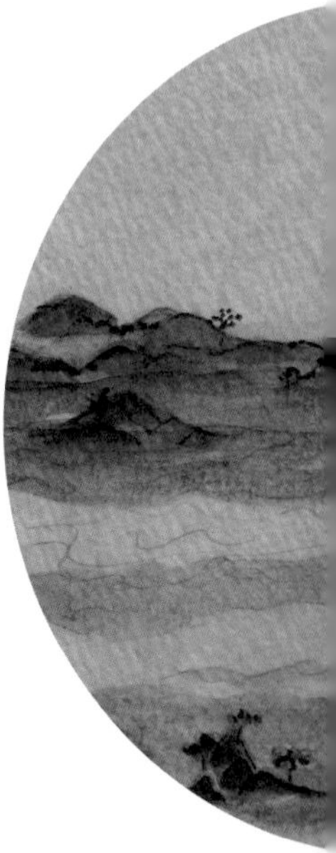

有心有念，
就有掛礙；
無心無念，
無煩惱的妄念，
也無解脫的淨念，
故能圓融無礙。

黃龍慧開禪師，南宋杭州錢塘良渚人，生於孝宗淳熙十年，理宗景定元年遷化，世壽七十八歲（一一八三－一二六〇年）。紹定元年（一二二八年），禪師四十六歲時，曾任溫州永嘉江心山龍翔寺住持。龍翔寺為當時十大名剎之一，十方雲水僧欽羨慧開禪風，紛紛前來參訪，黃龍隨機接眾，提拈古人公案四十八則，指引禪僧迷津，後來將四十八則公案編纂成籍，取「佛語心為宗，無門為法門」、「透得此關，獨步乾坤」的旨趣，將書定名為《無門關》。

《無門關》的公案則則精采，耳熟能詳流行於禪門的例子更是不勝枚舉，

例如：趙州狗子、百丈野狐、香巖上樹、南泉斬貓、即心即佛等等。其中第四則為〈胡子無鬚〉，一日，或庵師體禪師（《碧巖錄》作者圜悟克勤禪師的徒孫）上堂開示大眾：「西天的胡子，什麼原因沒有鬚子？」西天的胡子就是菩提達摩祖師，達摩祖師的圖像不管紙繪、絹畫、木雕、銅鑄，都留有滿口的落腮鬍，高額、鈴眼、鬚髯是達摩的主要象徵，沒有了髭鬚的達摩像不成其為達摩，因為有鬍子才叫做胡子。因此沒有鬍鬚的達摩，是個不合常理的矛盾命題。

宋神宗時代，有一位大臣蔡君謨長了一臉長鬍鬚，人稱美髯公。一日皇帝戲謔問之：「愛卿就寢時，是將鬍鬚放在棉被內或棉被外？」平時不在意鬍鬚存在的蔡君謨，當晚一番用心，忽而棉被內，忽而棉被外，折騰了整夜無法入眠。心中如果無一雜念、妄念、想念，也就是慧能禪師所謂的「無念、無住」，便能天地寬闊，神遊法界。慧開在《無門關》第十九則揭櫫：「若無閑事掛心頭，便是人間好時節。」日日都是好時節，只因為心中有了癡迷、憂思，遮蔽心地的清明，便無法享受春花秋月的風光。

開創曹洞宗的洞山良价，幼年時曾指著自己的鼻耳問剃度師父：「我明明有眼耳鼻舌等六根，為什麼《般若心經》說『無眼耳鼻舌身意』呢？」面對如此犀利的質問，師父又驚又喜：「四小不可輕，你是法門龍象，不能困在我這個小池塘。」趕忙把良价送到名師處去調教。《心經》說：「色不異空，空不異色。」有就是無，無就是有，有時不覺得有，無時不作無想，不執取一法，自陷牢籠。例如忘卻自己的身體時最健康，如果閱讀報章雜誌老是注意腸胃的保健、醫療問題，表示腸胃有了毛病。欣賞影劇、聆聽音樂，樂在其中，忘掉自己的存在，最是快樂幸福。有心有念，就有掛礙，依《心經》所說，有掛礙便不能菩提薩埵，解脫自在。無心無念，無煩惱的妄念，也無解脫的淨念，胡子有無鬍子皆兩忘，以無所得，故能圓融無礙。

有念是凡夫，無念是佛。黃龍慧開評頌：「癡人面前，不可說夢；胡子無鬚，惺惺添懵。」西天胡子可以是禪宗史上西來傳法的達摩祖師，也可能是每個人胸中的無鬚達摩。有無一如的無鬚達摩須要我們親自去實參實悟，不能假手他人，更不是觀念與意識的遊戲，否則只徒增迷惑。

吾

轉境

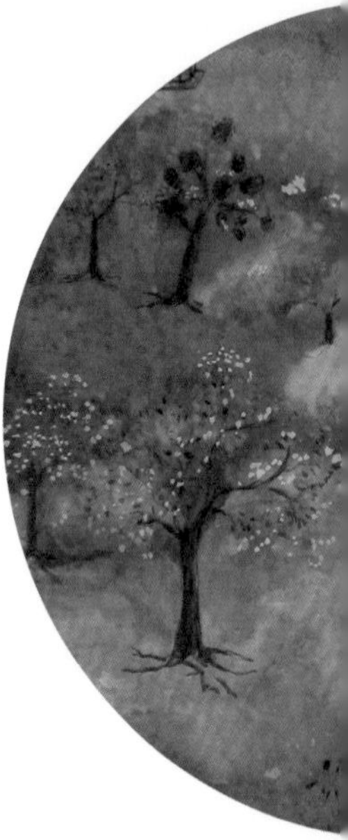

得失寵辱，
憂喜哀樂，
上下浮沉其間。
心，負荷何其沉重！
當環境不能改變時，
要運用智慧去轉變心境，
所謂「心能轉境，不隨境轉」。

人生幾十寒暑，不如意事常十之八九，如何過得逍遙自在？轉化環境，改變心情，必有一番新氣象。禪詩說：「平常一樣窗前月，才有梅花便不同。」轉境功夫，包含深層多樣的涵義。

從自然現象來看，地球自轉，繞著太陽公轉，「四時行焉，萬物生焉」，春夏秋冬因此運行嬗遞，草木禽鳥賴以棲息滋生。從生理情況來看，人體定期新陳代謝，細胞周而復始，輪轉修復，生命得以生生不息。從人事發展來看，「長江後浪推前浪，世上新人換舊人」。十年河東，十年河西，進退出處，要有豁達的胸襟。臨水登高，尋幽訪勝，走到盡頭，要懂得轉身。俗諺說：「山不轉路轉，路不轉人轉。」甚至別人不轉時，自己要能轉。唐詩人王維說：「行到水窮處，坐看雲起時。」陶淵明不就因此轉出人間嚮往的桃花源！最糟的是固執不通，不知迴轉，失足懸崖；更可憂懼的是見風轉舵，斯文淪喪，出賣了自己，迷失了心性。

《壇經》云：「心迷法華轉，心悟轉法華。」以迷惑的心來對待世界，清明也變成渾沌；反之，以覺悟的心來觀照人間，必能轉昏蒙為澄淨。日常生活中，自然氣候變化，乃至一個人，一件事，一句話，一點臉色，都可能牽動纖細的心思，得失寵辱，憂喜哀樂，上下浮沉其間。心，負荷何其沉重！當環境不能改變時，要運用智慧去轉變心境，所謂「心能轉境，不隨境轉」。李頎〈送陳章甫〉：「東門酤酒飲我曹，心輕萬事皆鴻毛。」心中若無掛礙，春花秋月皆是賞心樂事。

佛教唯識哲學最高的理想是轉識成智。識，是了別、差別的意思，強作善惡、美醜、高下、貧富、貴賤的對待差別。智，是泯除對待的平等、統一、圓融、絕對的境界。禪宗三祖僧璨《信心銘》：「至道無難，唯嫌揀擇，但莫憎愛，洞然明白。」世間一切煩惱、糾葛，來自於妄念揀別，愛恨感情因此產生。簡單言之，「轉識成智」就是把不好之念轉化成美善之舉。譬如轉小為大，把狹隘的心思轉成寬大心量；轉貪為捨，把貪婪習性轉成喜捨結緣；轉瞋為悲，把暴戾乖行轉成慈悲懿舉；轉癡成智，把愚癡心念淨化為圓滿菩提；轉私為公，培養公德心，少一些私欲；轉自為他，凡事多為他人著想，多一點同理心；轉迷成悟，把無明迷思昇華為般若智慧，開發自我。

世間的幸與不幸，沒有絕對標準，端在一念之轉，能轉身便能海闊天空，魚躍鳶飛；不能轉身，則一失足成千古恨，空留遺憾。「山重水複疑無路，柳暗花明又一村。」禍兮福之所倚，塞翁失馬，福禍難測。遇到困境，要能轉，不可鑽，鑽牛角尖，空間愈狹窄，必然窒息而死。韋應物〈郡齋雨中與諸文士燕集〉：「理會是非遣，性達形跡忘。」又說：「神歡體自輕，意欲凌風翔。」有柔性、有原則，依智慧而轉，則世界將更寬闊，生活將更愉悅！

十牛圖

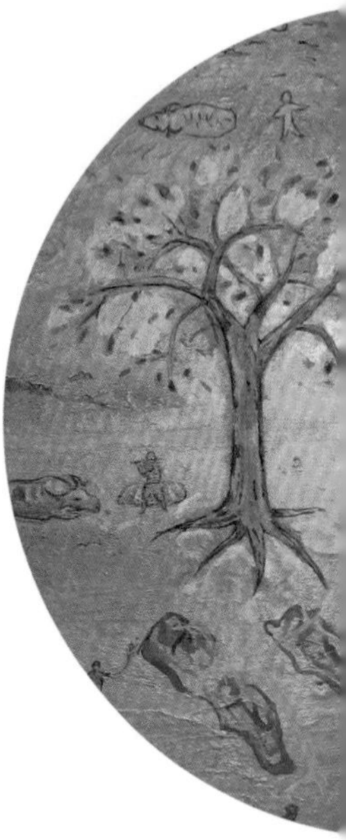

心如同尚未馴順的野牛，
四處奔竄，
踐踏水草良苗。
如何調伏這頭水牯牛？

中國古典文學作品中，詩人善取柳、竹、鳥、馬、月、石、山水，乃至黃昏、夢境為意象，將之擬人化、象徵化，對應自己的人格情趣。譬如李白筆下的月，陸游詩中的梅，彷彿詩人自己的化身；提起菊花，便聯想起陶淵明「繁華落盡見真淳」的身影。

佛教喜以蓮華為象喻，譬如眼睛清淨無染如蓮眼，辯才無礙為舌燦蓮華，涅槃境界無漏無住如蓮華「出汙泥而不染，濯清漣而不妖」，甚至取蓮華「因果同時」的妙意為經典名稱——《妙法蓮華經》。

相對於植物的蓮華，禪宗則假藉牛為心性的意象，牧牛如牧心，以找回久已迷失的自我本性。南嶽懷讓曾以磨磚作鏡來點撥他的弟子馬祖道一，成佛不止於形體打坐。譬如牛拖車，車不行，打心之牛，而非身之車。《壇經》：「外於一切境界上念不起為坐，見本性不亂為禪。」又說：「行住坐臥，常行直心。」便是一行三昧（禪定）。身為車，為客體；心為牛，為主體。禪定要在心地上用功夫，而不僅僅是身體形骸的枯坐，所謂「坐破蒲團不用功，何時及第悟心空」。

《遺教經》云：「譬如牧牛，執杖視之，不令縱逸，犯人苗稼。」心如同尚未馴順的野牛，四處奔竄，踐踏水草良苗。如何調伏這頭水牯牛？宋代廓庵禪師以《十牛圖頌》將心性修成分為十個歷程：

一、尋牛：「茫茫撥草去追尋，水闊山遙路更深。力盡神疲無處覓，但聞楓樹晚蟬吟。」驚覺牛隻走失，撥草尋牛。

二、見跡：「水邊林下跡偏多，芳草離披見也麼？縱是深山更深處，遼天鼻孔怎藏他？」自性之牛遍於水邊林下，無所不在，如巨牛之遼天鼻孔，無法隱藏。

雙泯
十牛圖

三、見牛：「黃鶯枝上一聲聲，日暖風和岸柳青。只此更無回避處，森森頭角畫難成。」道只可自悟自證，不能以情識意想分別，如牛體非白非青不能描繪。一旦體道，無處不與道偕，更無迴避之地。

四、得牛：「竭盡神通獲得渠，心強力壯卒難除。有時纔到高原上，又入煙雲深處居。」雖然暫得調伏，但是牛性頑冥，又落紅塵之中。

五、牧牛：「鞭索時時不離身，恐伊縱步入埃塵。相將牧得純和也，羈鎖無抑自逐人。」牛已不食苗稼，心已不放縱逾矩，收放自如。

六、騎牛歸家：「騎牛迤邐欲還家，羌笛聲聲送晚霞。一拍一歌無限意，知音何必鼓脣牙。」

七、忘牛存人：「騎牛已得到家山，牛也空兮人也閑。紅日三竿猶作夢，鞭繩空頓草堂間。」

八、人牛俱忘：「鞭索人牛盡屬空，碧天寥廓信難通。紅爐焰上爭容雪，到此方能合祖宗。」以上三首闡明絕對的聖位境界是言語道斷，超越言詮。得魚要忘筌，上岸要捨筏，進而凡情脫落，聖意皆空，人牛兩忘，泯除一切心境對待。

九、返本還源：「返本還源已費功，爭如直下若盲聾。庵中不見庵前物，水自茫茫花自紅。」調牧功成，一派天然，葉落花開自有其時，如同王維〈辛夷塢〉：「木末芙蓉花，山中發紅萼。澗戶寂無人，紛紛開且落。」一切不假修持，自然而成。

十、入廛垂手：「露胸跣足入廛來，抹土塗灰笑滿腮。不用神仙真祕訣，直教枯木放花開。」前九首為自利自度，第十首為利他度他。自我生命成就圓滿之後，要走入市廛人間，「願將雙手常垂下，摸得人心一樣平」，實踐既出世又入世濟眾的菩薩道。

元好問：「詩為禪客添花錦，禪是詩家切玉刀。」《十牛圖頌》最能顯現這種以禪入詩、以詩寓禪，詩禪雙向參透的理趣。

僧情不比俗情濃

出家人雖然沒有濃烈的俗情，
執著不放，
但是情到真處情轉無，
至情至性，
磐石不移。

蘇軾一生和佛教的淵源深厚，母親程氏為虔誠佛弟子，妻子朝雲臨終時，誦《金剛經》六如偈溘然而逝。他一生交往的僧人很多，除了眾所皆知的佛印了元之外，他如惠勤、清順、可久、宗本、海月、辯才、文及、常總等人。其中友情最醇厚、往來最長久的當屬道潛。

道潛北宋著名詩僧，於潛人，本名曇潛，字參寥，蘇軾為之改名為道潛。宋哲宗元祐末賜號妙總，宋徽宗崇寧末示寂，享年六十四歲（一〇四三—一一〇六年）。陳師道讚歎他為「釋門之表，士林之秀，詩苑之英」，不論道行修持、文學涵養都名重於當時。蘇軾自稱和參寥有二十多年的交情：「妙總師參寥子，與予友二十餘年矣！」二人從蘇軾初到杭州為通判，直到建中靖國元年（一一〇一年）詩人去世為止，長達二十多年，參寥始終真心相待，不離故友，是東坡先生患難之交。蘇軾有〈參寥子真贊〉，對他的方外摯友作了形象的描繪：「維參寥子，身寒而道富。辯於文而訥於口，外尪柔而中健武，與人無競，而好刺譏朋友之過。枯形灰心，而喜為感時玩物不能忘情之語。此余所謂參寥子有不可曉者五也。」把參寥尚義氣、重友誼、有詩才、能文章，直心剛健的性情貼切地描述無遺。

蘇軾被貶謫至黃州時，參寥不遠千里從杭州去探望他，甚至住在東坡陪伴孤寂鬱悶的蘇軾一年多。蘇軾有尺牘記載二人的深厚情誼：「僕罪大責輕，謫居以來，杜門念咎而已。平生親識，亦斷往還，理故宜爾。而釋老諸公，乃復千里致問，情義之厚，有加於平日，以此知道德高風，果在世外也。」（〈答參寥書〉）面對朝廷的降罪，平日的親朋好友避之唯恐不及，甚至斷絕往來，讓東坡看盡世態炎涼。詩人深深感慨：相對於世俗的趨利避禍，仁義盡拋，佛門釋子反而不畏政治禁令、有情有義，為人間留下高風亮節的典範。在困厄的

謫放生活中，幸有參寥相濡以沫，慈悲慰問，兩人相契日深，時有詩篇酬和。例如〈再和潛師〉：「吳山道人心似水，眼淨塵空無可掃。故將妙語寄多情，橫機欲試東坡老。東坡習氣除未盡，時復長篇書小草。」作詩是兩人共同的愛好，更是彼此以心印心的因緣。

元豐七年（一〇八四年），蘇軾量移汝州前，和參寥同游廬山，之後參寥便又歸隱於潛山中。蘇軾後來還朝，擔任起居舍人、翰林學士知制誥、經筵侍讀等要職，貴為天子的講席老師、當朝宰相。當他高居朝堂之上，備極尊榮的時候，方外僧人都不曾登門造訪，只在遠方默默地為他歡喜、祝福，道潛與東坡也沒有往來，表現出家人「太上忘情」、不忮不求的高潔風骨。

哲宗即位之後，蘇軾遭遇到比「烏臺詩案」更為嚴酷的政治打擊，連續被貶到瘴癘蠻荒的惠州、儋州，東坡有〈自題金山畫像〉：

心似已灰之木，身如不繫之舟。
問汝平生功業，黃州惠州儋州。

為自己坎坷顛沛的一生作了總結。東坡南遷期間，道潛屢次差人問候。及至貶海南時，道潛甚至不惜冒著生命的危險，從千里之外杭州越嶺渡海，要去探望落難的朋友。東坡為了參寥的安全，極力勸阻，並訂下盟誓，相約兩人餘生必將再見面。〈與參寥子二十一〉寫下了這段令人動容的患難真情：「轉海相訪，一段奇事。但聞海舶遇風，如在高山上墜深谷中。……恐吾輩不可學。若是至人無一事，冒此險做什麼？千萬勿萌此意。……相知之深，不可不盡道其實爾。自揣餘生，必須相見，公但記此言，非妄語也。」由於參寥子和蘇軾的交情彌篤，引起東坡政敵的惱怒，道潛受牽累被迫還俗，編管兗州遭處罰。及至東坡結束貶謫北還中原時，道潛終得恢復沙門身分，重返智果院。雖然遭遇如此困蹇乖舛，兩人的交情更為堅篤。佛教有詩偈：「莫嫌佛門茶飯淡，僧情不比俗情濃。」出家人雖然沒有濃烈的俗情，熱愛專一對象，執著不放，但是情到真處情轉無，至情至性，磐石不移。

師友

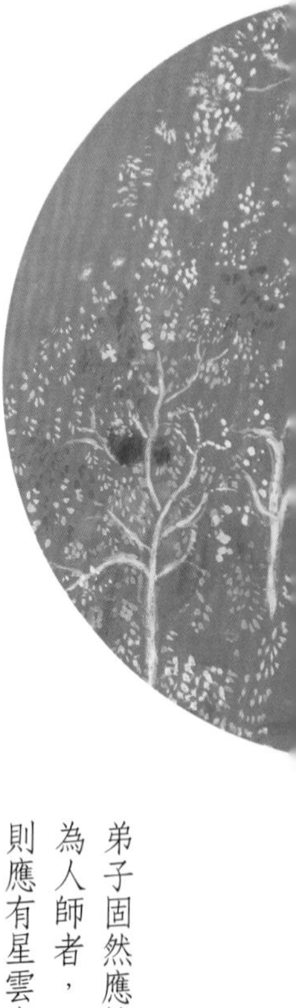

弟子固然應持守分際，
為人師者，
則應有星雲大師所說
「三分師徒，七分道友」之襟懷，
作育天下英才，
服務天下一切眾生。

儒家把師生關係定為五倫之一，《太平御覽》卷六五九說：「學之有師，亦如樹之有根也。」樹木植根堅實，才能茁壯翠拔；為學有良師啟蒙，才能養深積厚，卓然有成。古云：「十年樹木，百年樹人。」培育人才好比栽種樹木，需要耐心照顧，也需要剪除雜柯。

唐古文大家韓愈〈師說〉：「師者，所以傳道、授業、解惑也。」消解學生治學、為人等方面的迷惑，是老師最基本的天職；如有上者，則能教導專業技能，使學生學有專精；傳遞文化、道統、精神，則是師者最重要的責任。因此，古今師者為了將「一家之言」的思想、理念，「傳之其人」，往往傳授弟子，而不教予自己的子女。例如孔子傳《孝經》於曾子，而不傳兒子子思。父傳子，是血脈相承；師傳弟，則是文化傳薪。

昔日孔子居洙泗之間，聚眾講學，門徒三千，有七十二賢人，十位傑出弟子。夫子與門生相與應對，充滿人生智慧光芒的語錄——《論語》，成為千年來中國文化的主要綱目。釋迦牟尼佛五十年行腳於恆河兩岸，常隨眾千二百五十人，更有十大第一弟子，三藏十二部經典端賴這些弟子結集流傳。東西方聖人深知「人能弘道，非道弘人」之理，法輪必須依靠人才去推動，才能轉動無礙。

荀子傳韓非、李斯，法家由儒轉出；曾鞏、王安石、蘇軾、蘇轍等菁英，都是歐陽修「付任斯文」的歐門翹楚，師生對於唐宋古文的繼承與拓展，貢獻卓越。東坡門下則有黃庭堅、秦觀、晁補之、張耒等「蘇門四學士」；黃山谷的「黃門諸子」摹仿禪宗，作《江西宗派圖》，形成盛大的「江西詩派」，開北宋學術史一代三傳的佳話。

佛門的師生燈傳也不讓儒家，六朝時西域高僧佛圖澄度化凶殘的石勒、石

虎，門下弟子道安，校訂、譯注佛典，立下「五失本、三不易」的原則，編纂《綜理眾經目錄》，首開佛教目錄學的著作，為佛教初傳中國建立偉大功績。弟子慧遠邀集東林十八賢僧及劉遺民、雷次宗、宗炳等名士，於廬山共結白蓮社，為中國佛教淨土宗的濫觴。翻譯大家鳩摩羅什座下有四聖、八宿等高足，其中僧肇著有《肇論》，師徒二人把印度中觀般若學真正傳於中國。什公另一龍象竺道生，高唱「一闡提成佛說」，主張頓悟成佛，開日後禪宗談心性主頓悟之風。他如玄奘大師座下有窺基，後建立法相唯識宗；智儼一門則培育二位開宗立派的祖師，法藏於中國、義湘於韓國，各開創華嚴宗，為史上所僅見。禪宗六祖慧能一花五葉，發展出溈仰、曹洞、臨濟、雲門、法眼等五大門派，成為中國化佛教的主流。

《荀子．致士》舉出師術有四：「尊嚴而憚」、「耆艾而信」、「誦說而不陵不犯」、「知微而論」。師者必須具備尊嚴師道、年高信實、不違所學、知精微之理等四德。王陽明〈教條示龍場諸生〉：「凡攻我之失者，皆我師也。」一生活中舉正我們過失者，都是良師益友。「三人行，必有我師焉」實為千古明訓。《姜太公家教》有言：「一日為師，終身為父」，弟子固然應持守分際，為人師者，則應有星雲大師所說「三分師徒，七分道友」之襟懷，作育天下英才，為而不有，把弟子還諸天地，服務天下一切眾生。

不垢不淨

浮雲蔽日、
明鏡蒙塵，
未曾減損絲毫光芒；
撥雲日現、
拂拭塵埃，
也未曾增加任何澄澈，
只不過顯現原來自性清明。

宋神宗元豐二年（一〇七九年）七月，御史李定、舒亶斷章摘取蘇軾詩語，大興文字獄，舉發東坡四大罪狀，抨擊他譏切時政：「豈是聞韶解忘味？邇來三月食無鹽」（〈山村〉），諷刺朝廷禁鹽峻急，以至偏遠地區人民無鹽可食；「贏得兒童語音好，一年強半在城中」（〈山村〉），譏嘲新法青苗、助役的施行不當，貧民無法受到妥善賑濟；「讀書萬卷不讀律，致君堯舜終無術」，不能修明法制；「東海若知明主意，應教斥鹵變桑田」（〈看潮〉），詆訕當朝不知興辦水利，體恤民瘼。蘇軾因此被捕入獄百餘日，史稱「烏臺詩案」。後貶為檢校尚書水部員外郎黃州團練副使本州安置，是個定員以外，不得簽署公文的散官，並且不可擅離黃州，形同今日的軟禁。東坡有詩：「平生文字為吾累，此去聲名不厭低。」他因為詩文而名滿天下，卻也因為詩文而獲罪招禍，雖然明知「人生識字憂患始」，但是謫居黃州時期的創作，詩風嫻熟，漸入化境，〈定風波〉、〈念奴嬌〉、〈前赤壁賦〉等名篇，都作於此時。蘇轍〈東坡先生墓誌銘〉：「後讀釋氏書，深悟實相，參之孔老，博辯無礙，浩然不見其涯也。」從黃州直至後來嶺海時期，隨緣曠達的佛學思想，始終是蘇軾擺落苦難，安頓生命的良方。

元豐七年（一〇八四年），東坡離黃州，到泗州，浴於雍熙塔下，作〈如夢令〉二首：

> 水垢何曾相受。細看兩俱無有。寄語揩背人。盡日勞君揮肘。輕手輕手。居士本來無垢。

自淨方能淨彼。我自汗流呀氣。寄語澡浴人。且共肉身遊戲。但洗但洗。俯為人間一切。

身垢容易洗滌，心垢難淨化。其實垢淨與否，實為主觀價值判斷，心垢若除，身垢自然蠲除，所謂「眾生心垢淨，菩提月現前」。譬如浮雲蔽日、明鏡蒙塵，未曾減損絲毫光芒；撥雲日現、拂拭塵埃，也未曾增加任何澄澈，只不過顯現原來自性清明。《心經》：「不生不滅，不垢不淨，不增不減。」把黃金丟到汙泥中，不減它的澄黃本色，我們的本性也是如此。《六祖壇經》：

生來坐不臥，死去臥不坐，
一具臭骨頭，何為立功課？

身如臭皮囊，是大塊假藉我們以呼吸活動，不必執著，不必刻意，不妨心懷喜悅，學習佛家遊戲三昧態度，各盡本分，指背人輕手揮肘，澡浴人輕鬆但洗，相互享受，成就因緣，自度度人，相應平等。人間的一切榮辱，何嘗不可

作如是觀？不即不離，若即若離，既能入其中，又能出其外。東坡這二首詞，詼諧中含意境，淺白中富深意，嚴肅中帶關懷。後來從嶺外北歸時，作〈次韻江晦叔〉詩以自況：「浮雲時事改，孤月此心明。」表明政治的搆陷打擊，無礙自己光風霽月般的生命，頗有寒山「吾心似秋月，碧潭清皎潔」的禪境。胡仔《苕溪漁隱叢話》說他：「有如參禪悟道之人，吐露胸襟，無一毫窒礙也。」實為中綮之言。

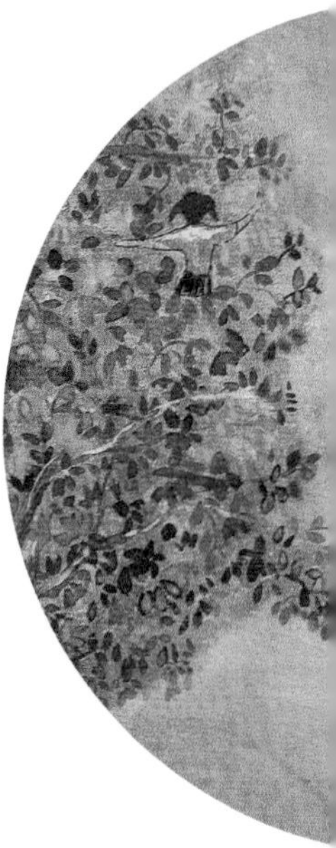

鷗盟

人對動植物
如果保有一分善意愛心，
動植物自然會回報予
信任與真情，
和人類親近，
甚至綻放最美麗的生命
以取悅人類。

《列子》有一則寓言：有一位青年非常喜好海鷗，他喜歡觀看鷗鳥展翅翱翔在波濤上的身影，因此每天清旦，總會到海岸邊欣賞群鷗迎風飛翔的壯闊場面。而海鷗們似乎感受到這位年輕人的善意，紛紛停佇在他的四周，甚至棲息在他的頭頂、肩上，狀極親狎，沒有絲毫的畏懼，更沒有防備人類的警戒心。人鳥一家親，構成一幅和諧的奇景。

年輕人的父親知道兒子的習慣，對兒子說：「你每天流連忘返於海灘，和海鷗嬉戲在一起，荒廢了本業。明日你和鷗鳥玩耍的時候，趁牠們不備，抓幾隻回來給我當下酒菜。」

第二天，年輕人一如往常來到海畔，海鷗成群結隊的在空中盤旋，飛舞翻騰，但是任憑年輕人如何溫柔地呼喚，竟然沒有一隻願意降落沙灘，每隻海鷗都充滿驚慌的神情，遠遠地和年輕人保持著安全的距離。

《列子》一書評議：「至言去言，至為無為。齊智之所知，則淺矣。」最初這位童子因為純真無機心，海鷗靈敏地感受到他的「誠心充於內，坦蕩形於外」，人鳥一體，心物合一，互相沒有猜忌，利害兩忘，因此可以坦蕩蕩生命相交。等到童子的心機萌發，殺意顯露，愈是真純的生物，愈能審知細微的心識活動，人鳥之間兩情已經乖背，海鷗們自然避之唯恐不及。物我之間，貴在誠信無心，如果「獨矜其心智，則去道遠矣」，自以為謀略高人一等，機關算盡，反而會失去最誠摯的朋友。澳洲有各種的珍奇獸禽，袋鼠、無尾熊等動物都不知躲避人類，那是當地人愛護動物如自己，彼此已經建立起生命共同體的「鷗盟」關係。

南宋大詞人辛棄疾隱居上饒帶湖時，作〈水調歌頭・盟鷗〉一詞：「帶湖吾甚愛，千丈翠奩開。先生杖屨無事，一日走千回。凡我同盟鷗鷺，今日既盟

之後，來往莫相猜。白鶴在何處，嘗試與偕來。」「壯歲旌旗擁萬夫」的稼軒帶著五十精兵，縛綁叛將張安國，獻俘於行在杭州，後來被迫投閑置散，隱居帶湖，剛好過了二十年。二十年間，作為來自淪陷區的歸正人，他始終不被南宋朝廷所信任，南歸後首先被解除了武裝，他的萬夫部眾被當作流民而散置在淮南各州縣之中，稼軒自己則浮沉於下級僚吏的官職，空有滿腹文韜武略，滿腔報國熱忱，奈何見疑於朝廷，只落得將萬字的平戎策略，徒然換成東家種樹書。所以詞人才要感慨說：君臣立下鷗盟之後，切莫再上下交爭疑猜。

人對動植物如果保有一分善意愛心，動植物自然會回報予信任與真情，和人類親近，甚至綻放最美麗的生命以取悅人類。人與人之間若能誠信無欺，一任白鷗來往本自無心，無忮無求，反而會圓滿諸多善緣。

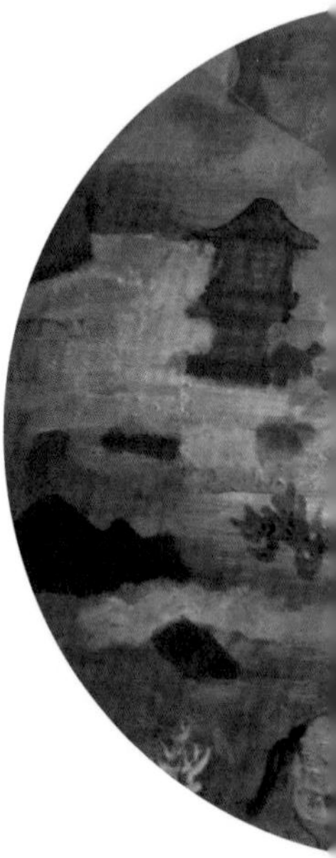

東坡與禪門軼事

悟前身乃僧人、懺口業致禍、與禪師交遊、留無數感悟佛詩……蘇軾一生與禪門的緣分，如他詩中所言：只緣身在此山中。

頃讀蘇軾的文集，看到幾則東坡和佛門僧人的交往故事，略記如下，以博君子粲。

蘇軾，北宋名臣，字子瞻，號東坡居士，眉山人。傳說蘇軾的母親程氏曾夢見一位身軀瘠瘦、瞎了一眼的僧人來叩門借宿，驚醒後不久便懷孕在身。蘇軾的弟弟蘇轍在筠州當官時，和真淨、聖壽兩位禪師過從甚洽歡，一夕，三人同樣做了迎接五祖戒禪師的夢境。第二天，三人對夢中事正在嘖嘖稱奇時，蘇軾卻飄然而至，自稱：「我七、八歲時，曾經夢見自己是個出家人，弘法利生於陝西東部人。」真淨禪師驚訝不已：「太巧了！五祖戒也是陝西東部人，晚年曾到筠州，最後坐化於大愚山。」是年，五祖戒禪師剛好圓寂五十年，蘇軾時年四十九歲，更巧的是五祖戒也一眼瞎眇。子瞻乃醒悟自己前身是五祖戒和尚，曾作〈南華寺〉詩自況：「我本修行人，三世積精鍊。中間失一念，受此百年譴。摳衣禮真相，感動淚雨霰。借師錫端泉，洗我綺語硯。」從此以後，常常穿著僧衣，自稱為「戒和尚」。

元豐三年（一〇八〇年），子瞻因為烏臺詩案，被貶至黃州，他曾應勝相院長老惟簡請求，寫了一篇記文，文中除了極盡筆力描寫勝相院的莊嚴雄偉，並且從禪修的角度觀照自己的遭致誣陷，實緣於口業不斷：「我今惟有，無始以來，結習口業，妄言綺語，論說古今，是非成敗。以是業故，所出言語，猶如鐘磬，黼黻文章，悅可耳目。如人善博，日勝日負，自云是巧，不知是業。」東坡因詩文而名滿天下，也因詩文而招禍。這篇夜半醉夢而起寫於臨皋亭的奇文。充分顯現詩人「覺今是而昨非」、不怨天不尤人的磊落胸襟，王安石讀了之後讚歎他：「子瞻！人中龍也。」

元豐七年（一〇八四年），自黃州量移汝州，方外之交的摯友佛印了元新

任潤州金山寺住持，返廬山歸宗寺辦事，邀請東坡同遊廬山，他於是和另外一位神交已久的參寥禪師重上匡廬，遍遊十五、六處奇景，在東林寺長老常總陪同下，登臨西林寺，從廬山千變萬化、神祕莫測的煙雨、雲嵐景致中，蘇軾寫下了三首詩偈，代表人生三階段的省悟歷程：

溪聲便是廣長舌，山色豈非清淨身？
夜來八萬四千偈，他日如何舉似人。

橫看成嶺側成峰，遠近高低各不同。
不識廬山真面目，只緣身在此山中。

廬山煙雨浙江潮，未到千般恨不消。
到得元來無一事，廬山煙雨浙江潮。

身陷事物之中，反而不能客觀地、全面地看到真相，唯有跳出自我的迷執、局限，才能圓融觀照事理。尤其第二首的〈題西林寺壁〉詩，是北宋以來傳誦千古的理趣詩。

淨行生活

禪門詩偈說：

「平常一樣窗前月，

才有梅花便不同。」

一樣的食衣住行，

有了佛法的內涵，

別有一番的般若風光。

佛教流行一首詩偈，把佛陀一生說法的內容次第詳實地記載，讓佛弟子很容易了解：

華嚴最初三七日，阿含十二方等八，

二十二年般若談，法華涅槃共八載。

作為最初聖教的一乘佛法——《華嚴經》，對菩薩道的實踐與圓成有最嚴謹的體系建構，不管三十四品的《六十華嚴》，或者是三十九品的《八十華嚴》，〈十地品〉和〈入法界品〉是本經最為重要的二品，前者鋪陳菩薩十地位的理論架構，後者又稱為〈普賢行願品〉，以一位善財青年作為實例，透過五十三位善知識的教導，終於圓成菩提。《華嚴經》如此地安排，顯示出教義的理解和生命實踐的兩者不可缺一，強調悲智雙運的必須性；而善財五十三參的塑造，則更突顯出世間善知識的重要性，這種思想甚至影響禪宗的六祖慧能。

除了上述二品之外，本經最為廣大佛弟子所傳誦的品卷為〈淨行品〉，本品闡明大乘菩薩戒的一四一條德目，內容沒有幽深難解的道理，非常契合日常生活的守則。其中「自歸於佛，當願眾生，紹隆佛種，發無上意。自歸於法，當願眾生，深入經藏，智慧如海。自歸於僧，當願眾生，統理大眾，一切無礙」的經文，經後世僧人將「歸於」修改為「歸依」，把「紹隆佛種，發無上意」修改為「體解大道，發無上心」，成為中國佛教徒千年以來每日早晚課誦必然稱誦的「三皈依文」，甚至皈依三寶，成為判別是否為正式佛教徒的依據。《華嚴經》對於中國佛教的影響之鉅可見一斑。

懺悔得清淨
發露懺悔

一四一條的行願，包羅各種檢攝身心的軌範，例如：刷牙洗臉、沐浴穿衣、如廁抽解，乃至吃飯娛樂、行走道路、爬山涉水、人際應對，都有殷切詳盡的教示，茲舉犖犖一二條目如下：「嚼楊枝時，當願眾生，其心調淨，噬諸煩惱。」古時沒有牙刷、牙膏，以咬嚼楊枝來淨化口腔，心念同時要觀想將煩惱穢垢一吐盡淨。「大小便時，當願眾生，棄貪瞋癡，蠲除罪法。」上廁所大小便時，觀想如同將根本煩惱的三毒蠲除於身心之外，如釋重負，自在解脫。得美食時，要能知足，心無羨欲。得粗澀食時，心不染著貪愛，起瞋恚分別的念頭。總括言之：「若飯食時，當願眾生，禪悅為食，法喜充滿。」如蜜蜂採蜜，不壞花形，但採其味。〈淨行品〉將吃飯的哲學發揮到了極致，「禪悅為食」遂成為佛門僧侶過堂吃飯的修持功行。而寺院的廁所也習慣張貼「大小便時」的條目，洗手臺前則貼上「以水盥掌，當願眾生，得清淨手，受持佛法」，時時刻刻、處處在提醒眾生不可放逸六根。

禪門詩偈：「平常一樣窗前月，才有梅花便不同。」一樣的食衣住行，有了佛法的內涵，別有一番的般若風光。《華嚴經．淨行品》為我們建構了清新、和樂的人生藍圖，生活可以過得更有智慧。

大人之行

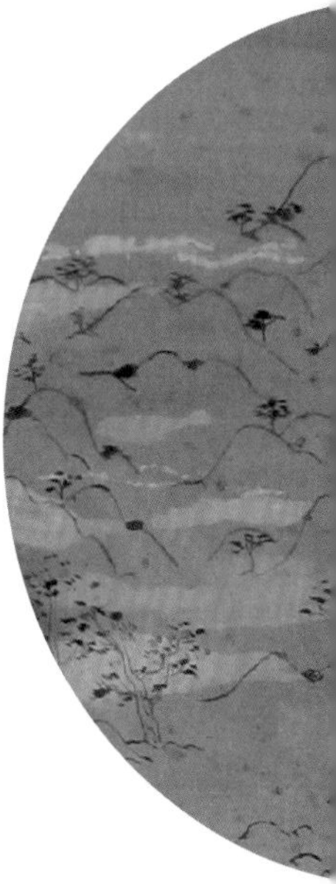

君子無隔宿之恨，
不要把怨忿留到明天，
譬如蜻蜓點水，
隨點隨化，
春波了無漣漪，
便能坦蕩蕩過日子。

在家居士學佛，有一部簡明又深意的經典應奉為圭臬，那就是《八大人覺經》。所謂《八大人覺經》是指八條「大人」必須覺知、覺察、覺照、覺悟的大事。大人又可稱為大士、大師，在某一種學問、思想、藝術等領域學有專精者，便被尊稱為大師，例如：藝術大師張大千、攝影大師郎靜山等，佛教界的長老如太虛大師、星雲大師。我們稱觀世音菩薩為白衣大士，大士就是發大道心的菩薩。因此，大人者其實就是懷抱菩提心，悲愍度眾的大乘菩薩。

在《中阿含．長壽王品》有一部《八大人念經》，和《八大人覺經》為同本異譯。仔細比較之，兩者同中有異，異中有同，仍然有很大的差別。《人念經》主張攝持八種心念：無欲、知足、遠離、精勤、正念、定意、智慧、不戲論。《人覺經》的八覺為：世間無常覺、多欲為苦覺、心無厭足覺、懈怠墮落覺、愚癡生死覺、貧苦多怨覺、五欲過患覺、生死熾盛苦惱無量覺。綜觀之，《人念經》注重自利自覺，強調個人的解脱，止於小乘自度自了的境界。相對於此，《人覺經》既有圓滿自我慧命的自覺，更有成就眾生菩提的覺他悲願，尤其第六覺的布施行、第八覺的大乘心，展現大乘佛教利他覺他的菩薩道實踐精神。因此，此經被譽為中國佛教從小乘佛教趨向大乘佛教的先聲。

　　《人覺經》為安世高所譯，短短三七二個字之中，提到生死有七處之多，以漸離生死起，以永斷生死終，可見生死事大，超出輪迴，解脱生死為佛陀説法五十年的基本教義所在。解脱生死雖然是根本教理，佛教徒們開口閉口「了生脱死」，並不是從此逃避世間，不問蒼生問鬼神，竟日裏閉眼枯坐，只管自家事。其實面對生死不驚懼，意念清明不顛倒，就是了生脱死。

　　本經包含三大法要：一、聲聞乘四諦法：例如第二覺，知道多欲為苦，輪轉於生死疲勞之中，是為苦諦；苦從貪欲積聚而起，是為集諦；若能修持少

欲無為的道諦，則能證得身心自在的滅諦。二、辟支佛乘十二因緣：例如第五覺，覺悟無明愚癡為生死根本。三、菩薩乘六度：第六覺為布施度、第七覺為持戒度、第八覺為忍辱度、第四覺為精進度、流通分結論為禪定度、第三覺、第五覺為般若度。短短的一部小經，融合大小乘佛學的精義於一體，言簡意賅，結構嚴謹，方便佛弟子們誦念憶持，為佛學講座中經常被講說的精采經典。尤其第六覺的名句：「等念冤親，不念舊惡」，生命中難免會遭遇諸多的錘鍊，如果把瞋恚的種子執持累世多生，辛苦受害的是自己。君子無隔宿之恨，不要把怨忿留到明天，譬如蜻蜓點水，隨點隨化，春波了無漣漪，便能坦蕩蕩過日子。

黃檗宗師——隱元

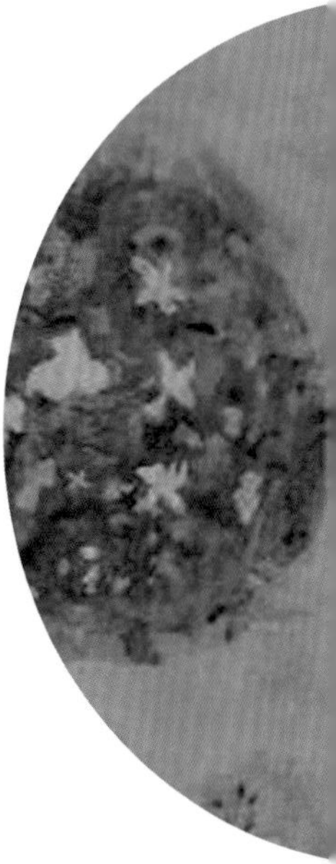

將黃檗宗從福建山推向日本，
躋身日本禪宗三大宗派之一，
使黃檗宗一躍而成為
世界性的佛教宗派，
隱元禪師的器識、智慧，
數百年後仍輝照於歷史。

日本的禪宗分為三大派：臨濟宗、曹洞宗、黃檗宗。南宋孝宗乾道四年（一一六八年），二十八歲的榮西搭乘船來到中國明州，登天台山，得法於虛菴懷敞，為黃龍派第八世，返日後創日本臨濟宗。南宋寧宗嘉定十六年（一二二三年），二十四歲的道元禪師抵浙江慶元府，後登天童山，參隨於長翁如淨，因一句「身心脱落，脱落身心」而開悟，五年後返歸日本創曹洞宗。

臨濟、曹洞宗的開創祖師，皆是日僧遠渡重洋至中國求法，發展出本土化的日本佛教宗派；相對於此，黃檗宗的創始者，是明朝遺民的隱元隆琦，於南

明永曆八年（一六五四年），應日本緇素的邀請，赴日建萬福寺，開宗立派。三百五十餘年的今日，仍然保持明代的遺風，不管寺院名稱、伽藍建築、清規儀式、梵唄唱念，依舊延用中國佛教風格。一九七七年秋，我負笈東京大學前夕，曾隨「中日佛教促進會」訪問團，到了京都的黃檗宗萬福寺，聽到該寺的僧人們以中國話唱誦出道地的海潮音〈爐香讚〉，一行人為之震撼、感動莫名。

隱元隆琦禪師，俗姓林，名曾昞，明代福州福清人，兄弟三人，排行最末。六歲時，因父親赴楚地，斷絕音信，遂感人生之無常；二十一歲出外尋父，至南海普陀山禮觀音，萌發菩提心，皈依三寶；旋即返故鄉，披剃於鑑源興壽座下，參學於密雲圓悟門下，二年後大悟，與師密雲同返黃檗山，創建獅子巖道場，後更嗣法於費隱通容，為臨濟正傳三十二世，大力復興黃檗山佛教，有弟子三百餘人，得法嗣者二十三人。其中日僧鐵眼道光，曾刊行黃檗版一切藏經，佛光山存有一套。由於臨濟義玄的師父希運禪師，同樣出身於福建福清，並且出家於黃檗山，因此隱元一面弘揚臨濟思想，一方面大興黃檗宗風，黃檗山儼然成為明末南方禪宗的重鎮。

明崇禎十七年（一六四四年），闖王李自成破北京，崇禎皇帝自縊於煤山，明朝滅亡，南方尚遺有明王室的幾個政權：江蘇省南京的福王弘光、福建省福州的唐王隆武、浙江省紹興的監國魯王、廣東省肇慶的桂王永曆，前後不滿十八年的短暫王朝，史上稱為「南明」。

對國家的板蕩劫難，隱元感慨欷歔，為了保護明代的文化，延續佛教法脈於不輟，恰巧日本長崎興福寺的住持逸然性融四次致函隱元東渡傳法，弟子們胡跪哭留，聲振泉石。隱元對弟子們說：「誠不可掩，信不可失。……吾應之三年而後歸山，以滿彼此之願，是老僧平素之本懷也。況達摩亦有中華之遊，不有當初，焉有今日，大眾息然。」隱元禪師要效達摩「祖師西來意」，信守然諾，為法忘軀，把佛法傳播於隔著千里波濤彼岸的東瀛，只是為了慰藉弟子的思念，訂下三年之約。永曆八年（一六五四年）五月，隱元以六十三歲高齡東渡日本，近二十年間宣揚黃檗禪法，終其一生都未曾回到中國。他一面「喜黃檗之將成，怒腥膻之縱橫；哀生民之無歸，樂扶桑之太平」，歡喜禪宗「一葉西來祖道東興」得以盛行於日本；一面又難抑故國之思：「劫燒江山盡帶愁，愧無妙法解心憂。空餘幾點寒巖淚，並作雲濤洗舊羞」，流下憂民愍世的清淚。

作為明末一代高僧，身處亂世而有高瞻遠見，抱持「天變而道不變」的文化使命，將黃檗宗從福建山間推向東瀛日本，在異國外邦完整保存了中國特色的禪宗法脈，躋身日本禪宗三大宗派之一，至今仍有四百四十餘處寺院，使中國本土的黃檗宗一躍而成為世界性的佛教，隱元禪師的器識、智慧，數百年後仍輝照於歷史。

尋找禪宗

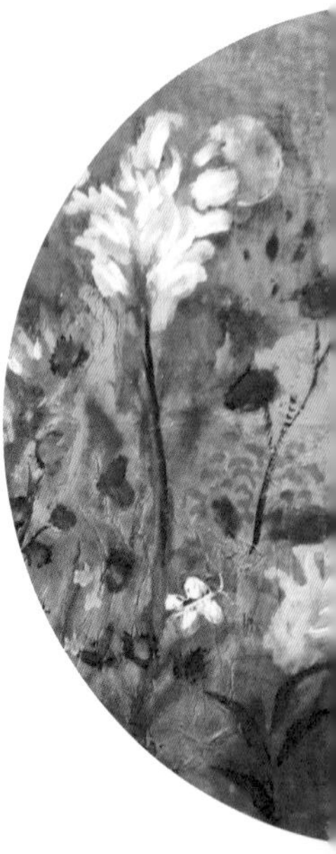

禪宗初傳，
自南朝劉宋時
菩提達摩遠涉山海，
直至今日，
依舊深為世界潮流所重視，
展現它的新生命力。

二〇〇五年四月七日至十八日，《人間福報》為了慶祝創報五週年，舉辦「禪宗之旅」，尋找禪宗法脈傳承的活動。一九九九年，我在兵荒馬亂中接下九二一震災的救災總幹事職務，救災過程中，發現媒體的選擇性報導，刻意遺忘一些事實，國際佛光會世界總會臨時會議中，來自全球的代表們一致建議星雲大師創辦一份客觀、公正、正派的報紙，從佛教觀點來檢視社會現象。當時我個人正忙於博士論文的撰寫，倉促中銜命把《人間福報》辦了起來，忝為發行人和社長的自己，日夜思考如何壯大《福報》的內容。一日，和「大陸尋奇」製作人周志敏小姐、香海文化的永均法師、《福報》總編輯永芸法師閑聊，我突發異想，建議可以舉辦「禪宗之旅」、「石窟之美」等巡禮活動，既可將過程製作成立體的電視節目，也可作為平面媒體的深度旅遊報導。其中幾經波折變化，個人卸下了《福報》的工作，五年後由永芸法師執行了當初不成熟的「意念」，不能不佩服他的魄力與勇氣。

我對禪宗有一份特別的相應與偏愛，作為中國化佛教的代表宗派，禪宗至今日仍然是中國文化的核心思想、世界顯學。有趣的是，禪宗的初傳東土是從南方而北方，又從北方而南方，乃至湖北、江西，走遍江湖，甚至遠至敦煌（敦煌發現了手抄本的《六祖壇經》）。

南朝劉宋時，菩提達摩遠涉山海，登陸廣州，至梁都和武帝展開對話，由於南方義學興盛，梁武帝尤其精於涅槃學，達摩重禪觀，彼此不對機，遂遊化北魏。而北方盛行小乘禪學，主張修持「觀身不淨、觀受是苦、觀法無我、觀心無常」的四念處，而達摩所傳的大乘禪觀，提倡「二入四行」（理入、行入，行入分別為報冤行、隨緣行、無所求行、稱法行），遂被視為異端。達摩於是至河南少室山面壁九年，以壁觀教人安心。後傳法神光慧可，於河南安陽、河北滋州宣揚大乘禪學，不容於當時教界，傳説慧可左臂係為賊人所斷。慧可於是南下至安徽岳西縣境的司空山，潛隱茅蓬，保任守道，等待機緣傳法予有緣人。司空山環境艱苦，二祖有詩自況當時景象：

躍過三湖七澤中，兩肩擔月上司空；
禪衣破處裁雲補，冷腹饑時嚼雪充。

由於擔心法脈的延續問題，慧可於北齊天保年初再次回到安陽，巧遇僧璨，將之帶回司空山，並傳衣鉢給他説：「汝受吾教，宜處深山，未可行化，當有國難。」不久發生北周武帝滅佛事件。三祖幾乎處於隱居狀態，因此後世高僧傳、傳燈錄都鮮有他的傳記資料。

一派禪者本地風光。

從初祖到三祖，實踐頭陀遊化，衣鉢單傳；至道信、弘忍師徒二人，分別在黃梅雙峰山、馮茂山，開創了「東山法門」，一時門徒聚集七百餘人，儼然成一宗派。慧能從嶺南來至黃梅，又將祖師禪傳回了廣州，從此曹溪一滴

水灑向了十方，一花綻放五葉，多方弘化，禪宗以貼近百姓的旺盛生機，傳法而不傳衣鉢，雖經三武一宗的慘烈教難，仍然成為中國佛教的主流學派，降至宋代，子孫滿天下的臨濟宗甚至衍生出黃龍、楊岐兩派。後因士大夫的熱心學禪，以禪喻詩，禪宗遂由唐代的「不立文字」一變而為宋代的「不離文字」，進入文字禪的時代。直至今日，禪宗依舊深為世界潮流所重視，展現它的新生命力。